ATTRACTION

ATTRACTION

Scénario
JERRY FRISSEN

Dessin
ROBERTO ZAGHI

Couleur
IVE SVORCINA

LES HUMANOÏDES ASSOCIÉS

Pour Marisa, Marica et Margot.
Roberto Zaghi

DU MÊME SCÉNARISTE

LE FEU DE THÉSÉE
Avec Francesco Trifogli
DEUX TOMES

EXO
Avec Philippe Scoffoni
TROIS TOMES

SIMAK
Avec Jean-Michel Ponzio
DEUX TOMES

MÉTA-BARON
Avec Alejandro Jodorowsky, Valentin Sécher,
Niko Henrichon et Pete Woods
HUIT TOMES

LES ZOMBIES QUI ONT MANGÉ LE MONDE
Avec Guy Davis
QUATRE TOMES

Z COMME ZOMBIES
Avec Jorge Miguel
DEUX TOMES

ANTHOLOGIE LUCHA LIBRE
Avec Bill, Fabien M., Gobi,Tanquerelle, Nikola Witko,
Romuald Reutimann et Christophe Gaultier
DEUX VOLUMES

LUCHADORES FIVE
Avec Bill
TROIS TOMES

LES TIKITIS
Avec Fabien M.
TROIS TOMES

TEQUILA
Avec Gobi
TROIS TOMES

LES LUCHADORITOS
Avec Tanquerelle

PROFESOR FURIA
Avec Nikola Witko

LE LOUP-GAROU DE SOLVANG
Avec Bill et Christophe Gaultier

MAXIMUM ET MINIMUM
Avec Walder

DU MÊME DESSINATEUR

LE VENT DES LIBERTAIRES
Avec Philippe Thirault
DEUX TOMES

Un grand merci à Jerry, Camille et aux Humanoïdes Associés
pour cette histoire passionnante qui m'a fait dessiner et rêver en même temps.
Merci à Germano, Marco et Grégory pour leur aide précieuse
et à Ive pour son magnifique travail à la couleur.

Roberto Zaghi

Remerciements de l'éditeur à Bruno Lecigne.

Certifié PEFC
Ce produit est issu de forêts gérées durablement et de sources contrôlées
PEFC/14-38-00202
www.pefc-france.org

Conception graphique : Léonor Pardon

ATTRACTION

Une publication Les Humanoïdes Associés

Achevé d'imprimer en juillet 2023, sur les presses de l'imprimerie Indice, S.L., en Espagne.
Dépôt légal en octobre 2023.

ISBN : 978-2-7316-6985-5

ORBITE DE LA PLANÈTE MARS.
HORIZON
STATION ORBITALE AMÉRICAINE HORIZON.

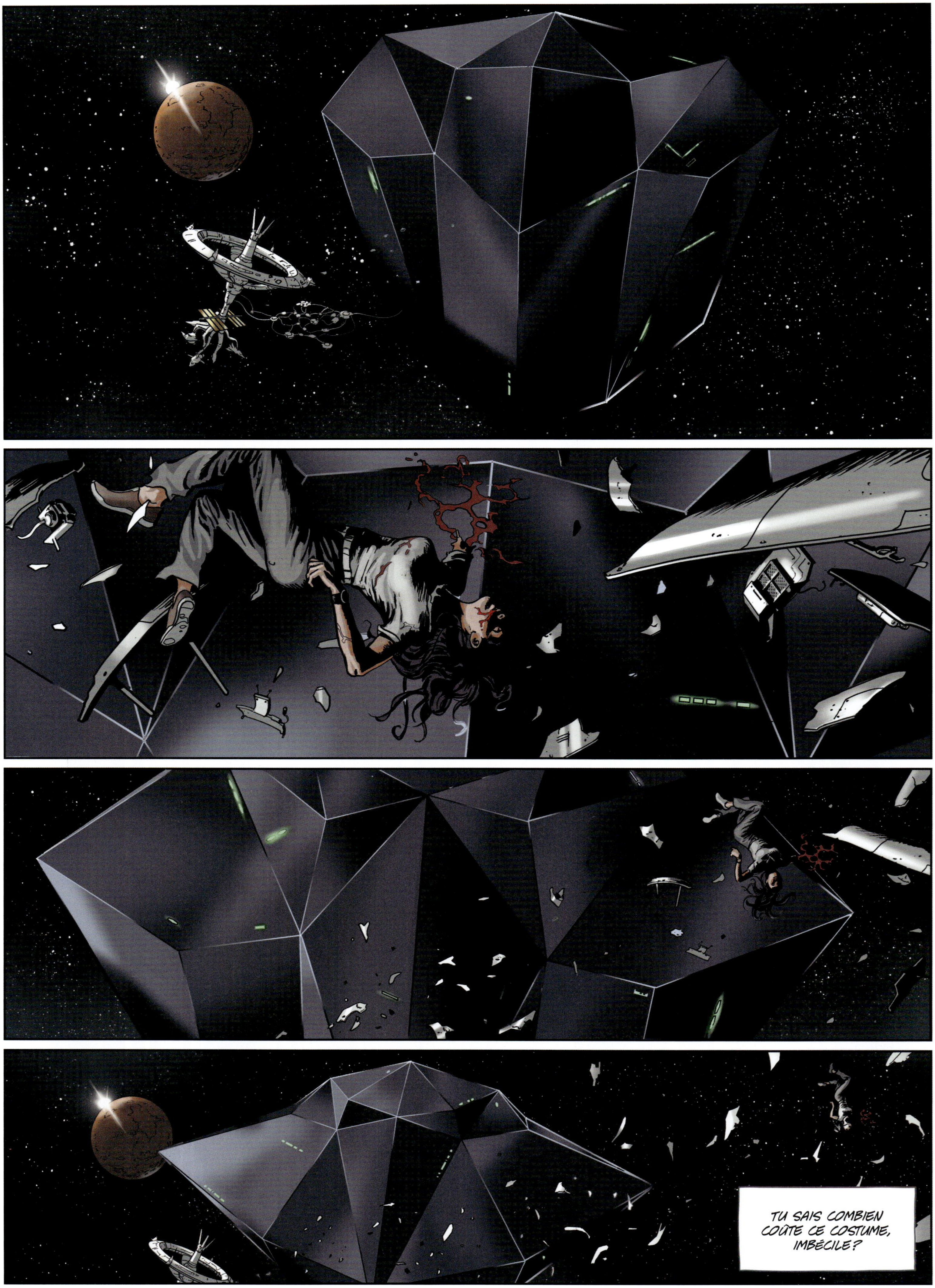
TU SAIS COMBIEN
COÛTE CE COSTUME,
IMBÉCILE ?

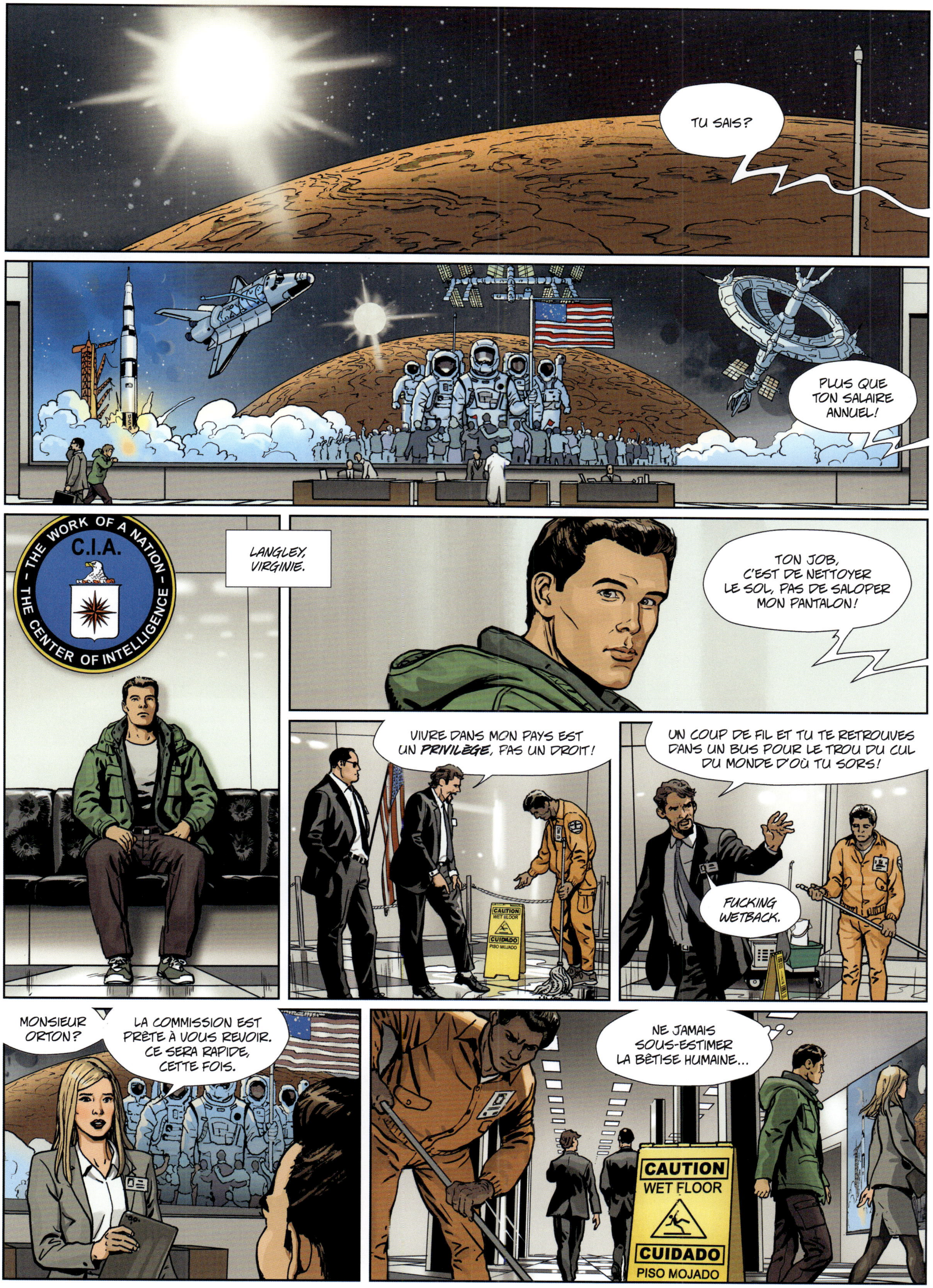
TU SAIS?
PLUS QUE TON SALAIRE ANNUEL!
THE WORK OF A NATION
C.I.A.
THE CENTER OF INTELLIGENCE
LANGLEY, VIRGINIE.
TON JOB, C'EST DE NETTOYER LE SOL, PAS DE SALOPER MON PANTALON!
VIVRE DANS MON PAYS EST UN PRIVILÈGE, PAS UN DROIT!
CAUTION WET FLOOR
CUIDADO PISO MOJADO
UN COUP DE FIL ET TU TE RETROUVES DANS UN BUS POUR LE TROU DU CUL DU MONDE D'OÙ TU SORS!
FUCKING WETBACK.
MONSIEUR ORTON?
LA COMMISSION EST PRÊTE À VOUS REVOIR. CE SERA RAPIDE, CETTE FOIS.
NE JAMAIS SOUS-ESTIMER LA BÊTISE HUMAINE...
CAUTION
WET FLOOR
CUIDADO
PISO MOJADO

DANKO ORTON, DIVORCÉ, SANS ENFANT...
LINGUISTE, INGÉNIEUR EN COMMUNICATION, VOUS TRAVAILLEZ EN TANT QUE CONSULTANT CIVIL POUR LA CIA DEPUIS SEPT ANS. VOUS PARLEZ SIX LANGUES ET AVEZ ÉTÉ DANS NEUF PAYS.
C'EST EXACT.
VOUS CONFIRMEZ QUE VOUS N'AVEZ JAMAIS CONSPIRÉ CONTRE LE GOUVERNEMENT ET QU'AUCUNE CONDAMNATION N'A ÉTÉ PRONONCÉE À VOTRE ENCONTRE DEPUIS LE DERNIER ENTRETIEN?
NON, MON COMMANDANT.
JUREZ SUR L'HONNEUR QUE VOUS AVEZ DIT LA VÉRITÉ.
INUTILE DE VOUS RAPPELER LES CONSÉQUENCES PÉNALES D'UN MENSONGE, MÊME PAR OMISSION...
JE LE JURE.
FÉLICITATIONS, MONSIEUR ORTON.
VOUS AVEZ UNE SEMAINE POUR VOUS PRÉPARER. PUIS, PENDANT TROIS ANS, VOUS N'AUREZ PLUS AUCUN CONTACT AVEC VOS PROCHES.
LE FAIT QUE VOUS N'AYEZ PAS DE FAMILLE N'AS PAS ÉTÉ ÉTRANGER À VOTRE SÉLECTION.
OÙ VA ME CONDUIRE CETTE MISSION?
VOTRE EXPÉRIENCE À LA CIA DEVRAIT VOUS AVOIR APPRIS QUE L'ON N'OBTIENT QUE RAREMENT DES RÉPONSES À SES QUESTIONS...
ELLE DEVRAIT SURTOUT VOUS AVOIR APPRIS QU'IL VAUT MIEUX NE JAMAIS POSER DE QUESTIONS!
ON ME DIT QUE VOUS ÊTES D'ORIGINE IRLANDAISE?
NOUS NE SOMMES PAS TOUS ROUX AVEC DES TACHES DE ROUSSEUR...

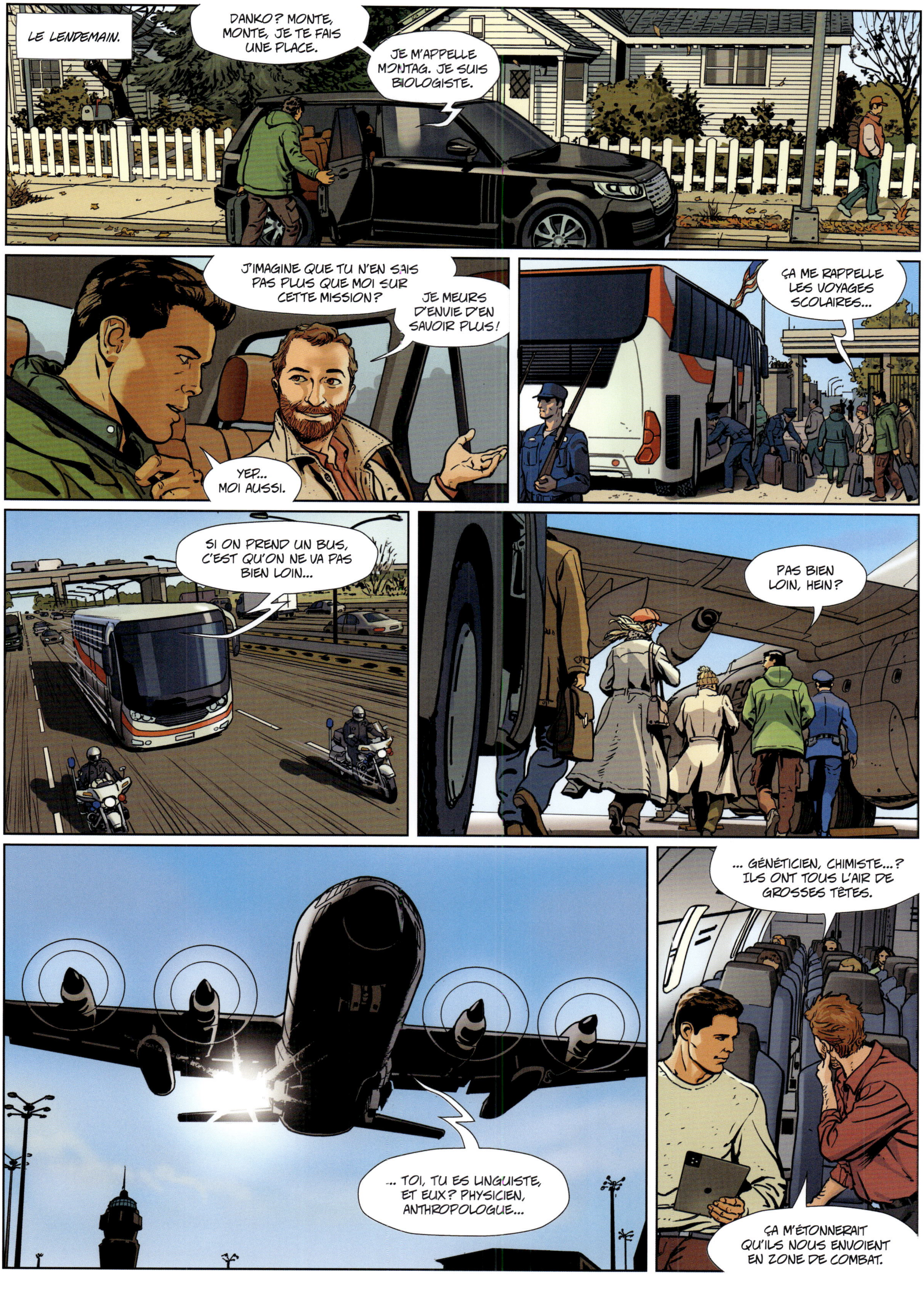
LE LENDEMAIN.
DANKO? MONTE, MONTE, JE TE FAIS UNE PLACE.
JE M'APPELLE MONTAG. JE SUIS BIOLOGISTE.
J'IMAGINE QUE TU N'EN SAIS PAS PLUS QUE MOI SUR CETTE MISSION?
JE MEURS D'ENVIE D'EN SAVOIR PLUS!
YEP... MOI AUSSI.
ÇA ME RAPPELLE LES VOYAGES SCOLAIRES...
SI ON PREND UN BUS, C'EST QU'ON NE VA PAS BIEN LOIN...
PAS BIEN LOIN, HEIN?
... TOI, TU ES LINGUISTE, ET EUX? PHYSICIEN, ANTHROPOLOGUE...
... GÉNÉTICIEN, CHIMISTE...? ILS ONT TOUS L'AIR DE GROSSES TÊTES.
ÇA M'ÉTONNERAIT QU'ILS NOUS ENVOIENT EN ZONE DE COMBAT.

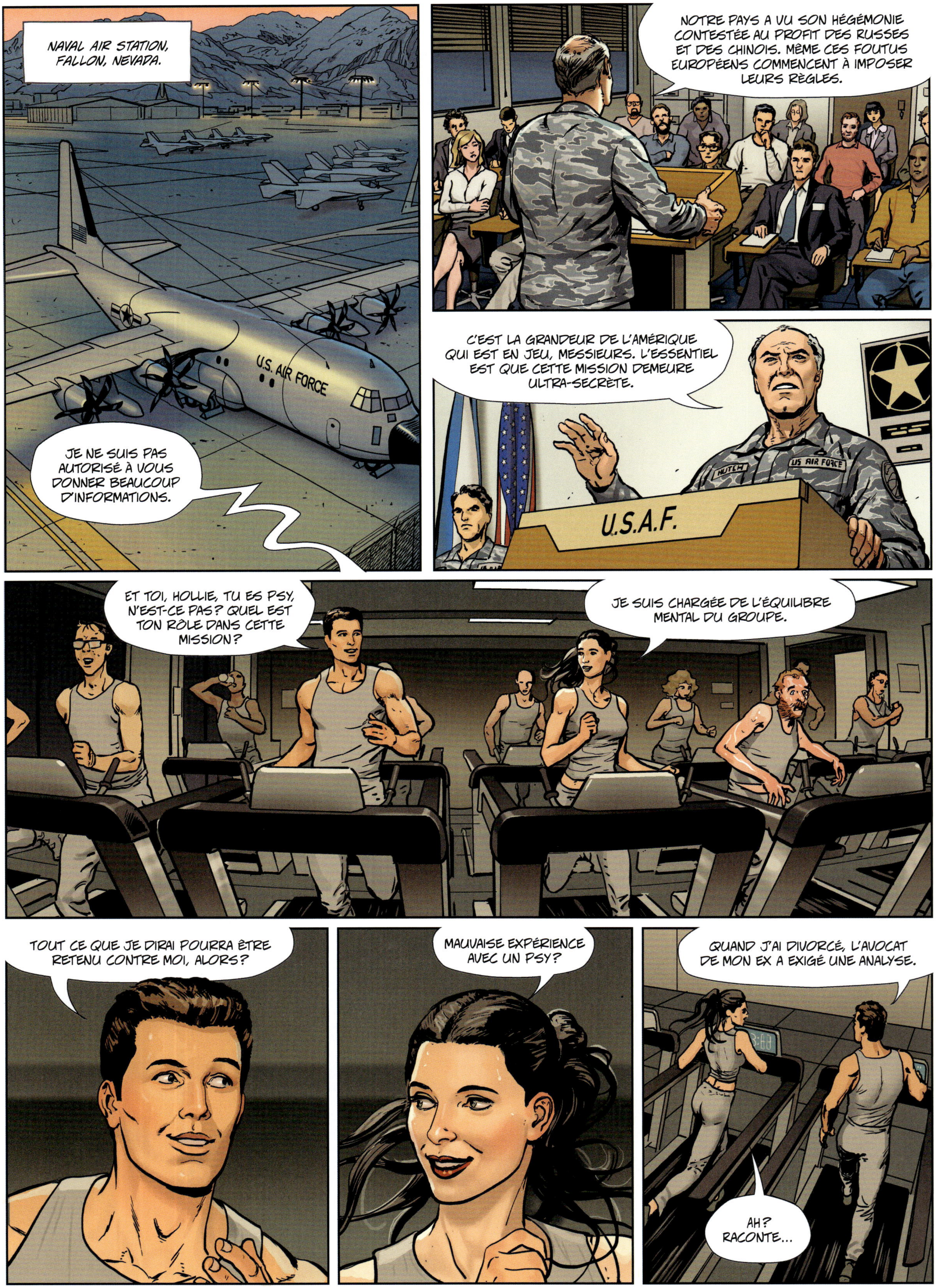
NAVAL AIR STATION, FALLON, NEVADA.
U.S. AIR FORCE
JE NE SUIS PAS AUTORISÉ À VOUS DONNER BEAUCOUP D'INFORMATIONS.
NOTRE PAYS A VU SON HÉGÉMONIE CONTESTÉE AU PROFIT DES RUSSES ET DES CHINOIS. MÊME CES FOUTUS EUROPÉENS COMMENCENT À IMPOSER LEURS RÈGLES.
C'EST LA GRANDEUR DE L'AMÉRIQUE QUI EST EN JEU, MESSIEURS. L'ESSENTIEL EST QUE CETTE MISSION DEMEURE ULTRA-SECRÈTE.
U.S.A.F.
ET TOI, HOLLIE, TU ES PSY, N'EST-CE PAS? QUEL EST TON RÔLE DANS CETTE MISSION?
JE SUIS CHARGÉE DE L'ÉQUILIBRE MENTAL DU GROUPE.
TOUT CE QUE JE DIRAI POURRA ÊTRE RETENU CONTRE MOI, ALORS?
MAUVAISE EXPÉRIENCE AVEC UN PSY?
QUAND J'AI DIVORCÉ, L'AVOCAT DE MON EX A EXIGÉ UNE ANALYSE.
AH? RACONTE...

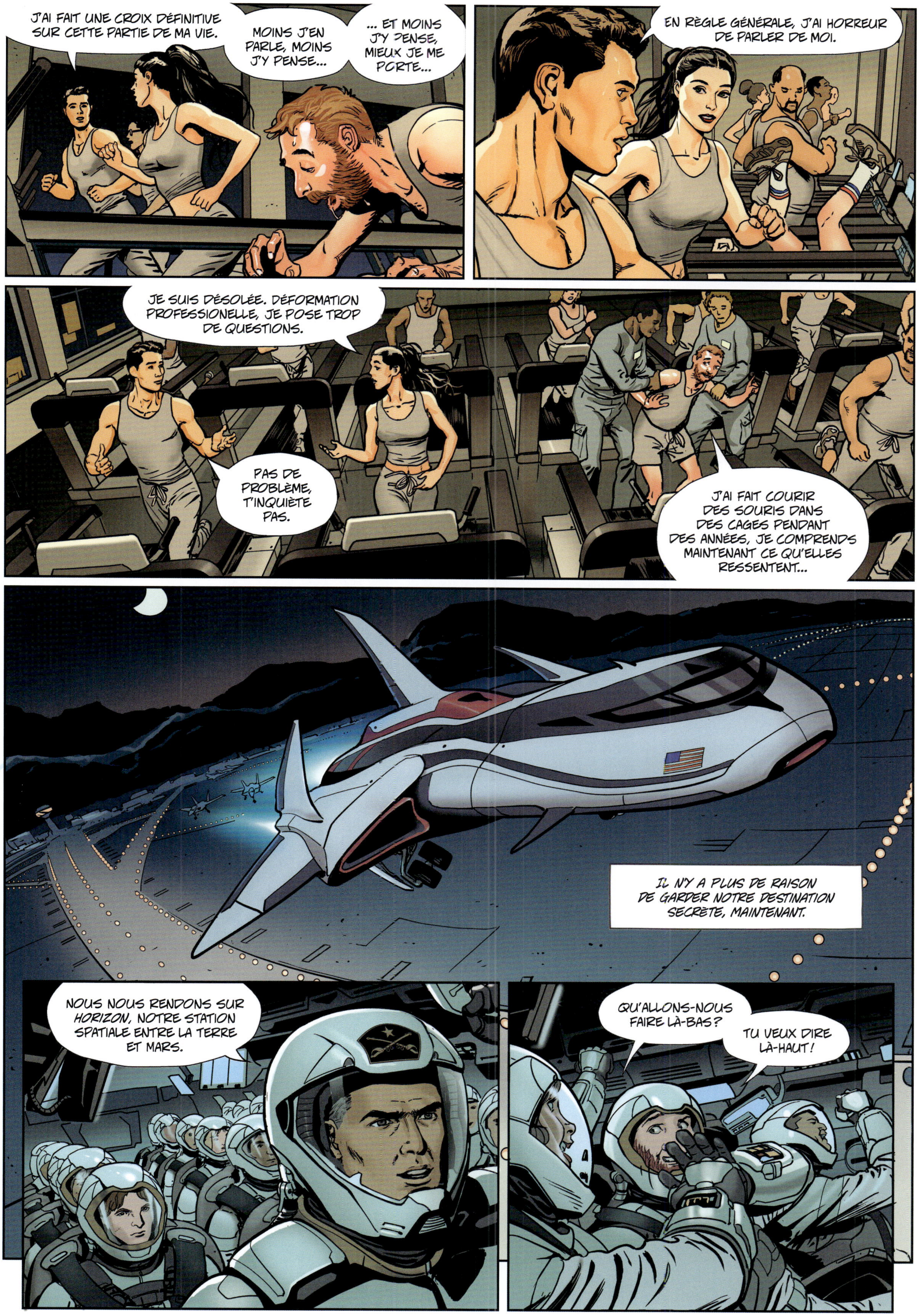
J'AI FAIT UNE CROIX DÉFINITIVE SUR CETTE PARTIE DE MA VIE.
MOINS J'EN PARLE, MOINS J'Y PENSE...
... ET MOINS J'Y PENSE, MIEUX JE ME PORTE...
EN RÈGLE GÉNÉRALE, J'AI HORREUR DE PARLER DE MOI.
JE SUIS DÉSOLÉE. DÉFORMATION PROFESSIONELLE, JE POSE TROP DE QUESTIONS.
PAS DE PROBLÈME, T'INQUIÈTE PAS.
J'AI FAIT COURIR DES SOURIS DANS DES CAGES PENDANT DES ANNÉES, JE COMPRENDS MAINTENANT CE QU'ELLES RESSENTENT...
IL N'Y A PLUS DE RAISON DE GARDER NOTRE DESTINATION SECRÈTE, MAINTENANT.
NOUS NOUS RENDONS SUR HORIZON, NOTRE STATION SPATIALE ENTRE LA TERRE ET MARS.
QU'ALLONS-NOUS FAIRE LÀ-BAS ?
TU VEUX DIRE LÀ-HAUT !

... PARÉ POUR LE CONTACT.
NOUS PRENONS LE CONTRÔLE POUR UNE CAPTURE DOUCE.
CONFIRMATION. CAPTURE EFFECTUÉE.
SERREZ-VOUS. LE SAS N'EST PAS GRAND.
LA PESANTEUR EST MOINS FORTE QUE SUR TERRE, MAIS ATTENTION, LA TRANSITION PEUT ÊTRE DIFFICILE POUR L'ORGANISME.
JE SUIS MADDIE ROBERTS, DIPLOMATE ET CHEFFE CIVILE DE CETTE MISSION.
À VOS CABINES ! METTEZ-VOUS À L'AISE ET PRENEZ UN PEU DE REPOS.
ON APPELLE ÇA UNE CABINE PAR ICI ?
OÙ J'HABITE, C'EST UN PLACARD.
UN TIROIR, TU VEUX DIRE...

KKK...KKKKKK...
KK... KKKKKKKK...
QU'EST-CE QUE C'EST QUE CES SONS?
JUSTEMENT, ON AIMERAIT SAVOIR CE QUE TU EN PENSES.
DIFFICILE DE RÉPONDRE AVEC SI PEU D'INDICES.
IL Y A DES SÉQUENCES, DES PAUSES, DES TONALITÉS QUI REVIENNENT ET QUI SONT DE TOUTE ÉVIDENCE ORGANISÉES. IL MANQUE UNE CLÉ, JUSTE LE SENS D'UNE DE CES SÉQUENCES, POUR COMMENCER À DÉCHIFFRER CES SIGNAUX.
C'EST TOUT CE QUE NOUS AVONS POUR L'INSTANT ET NOUS N'AVONS RIEN PU EN TIRER.
À PART QU'IL S'AGIT BIEN D'UN LANGAGE, N'EST-CE PAS?
... DONC UN MESSAGE QUI VIENT... D'AILLEURS?
MERCI, DANKO.
MERCI POUR VOS RÉPONSES, LES GARS...

BEEP BEEP BEEP BEEP
BEEP BEEP BEEP BEEP
... DE REVÊTIR IMMÉDIATEMENT VOTRE SCAPHANDRE DE SURVIE ET DE VOUS RENDRE D'URGENCE À VOTRE POSTE...
QUE SE PASSE-T-IL?
AUCUNE IDÉE.
FAITES VITE. NE PERDEZ PAS DE TEMPS. RAPPELEZ-VOUS VOTRE ENTRAÎNEMENT ET ENFILEZ VOS SCAPHANDRES!
... FORCES SPATIALES À LEUR POSTE...
DÉPÊCHE-TOI, TOBIN, NOUS DEVRIONS DÉJÀ ÊTRE EN PLACE.
JE NE VOIS RIEN.
UNE FAUSSE ALERTE?
SANS DOUTE.

DES MOIS D'ATTENTE DEPUIS LE PREMIER CONTACT, DEPUIS QUE DE MYSTÉRIEUX INTERLOCUTEURS ONT INTERCEPTÉ UNE DES SONDES DU PROGRAMME *VOYAGER*...
ALORS, ON EST LÀ POUR... UNE RENCONTRE DU TROISIÈME TYPE?
C'EST COMME ÇA QU'ON DIT, OUI.
ORTON
POUR NOTRE PAYS, C'EST UNE OPPORTUNITÉ EXTRAORDINAIRE. NOUS NOUS SOMMES PRÉSENTÉS UN PEU ABUSIVEMENT COMME LES REPRÉSENTANTS DE LA PLANÈTE TOUT ENTIÈRE.
MAIS NOUS ESPÉRONS OBTENIR DE GRANDS AVANTAGES POUR LA TERRE LORS DES NÉGOCIATIONS.
... SI NOUS RÉUSSISSONS LES AUTRES NATIONS AVALERONT FACILEMENT LA PILULE...
C'EST UN MOMENT ***HISTORIQUE***.
LA PREMIÈRE RENCONTRE AVEC UNE ESPÈCE EXTRATERRESTRE.
ROBERTS
TOUJOURS RIEN?
NON. ***RIEN***. JE ME DEMANDE SI...

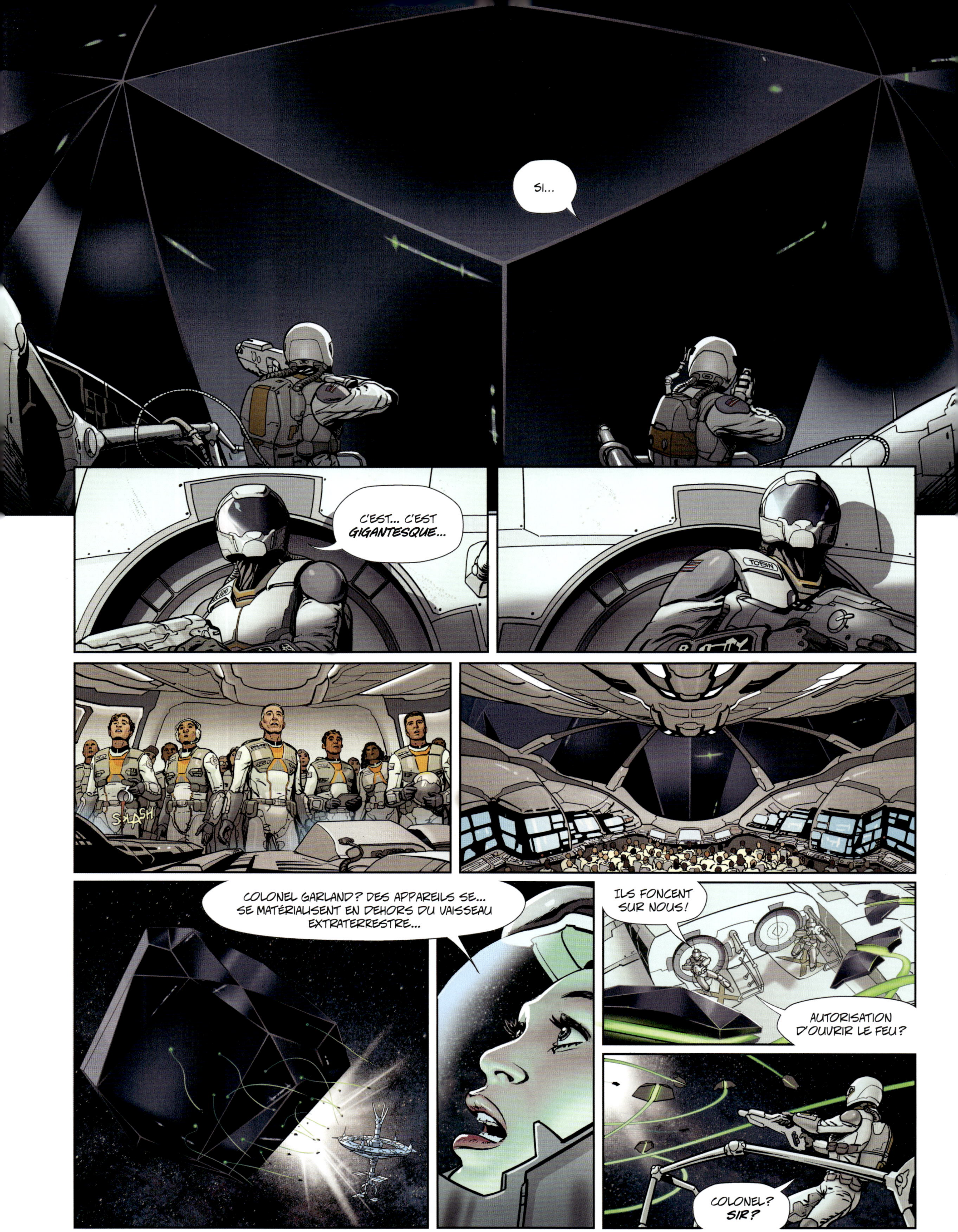
SI...
C'EST... C'EST GIGANTESQUE...
TOBIN
SPLASH
COLONEL GARLAND? DES APPAREILS SE... SE MATÉRIALISENT EN DEHORS DU VAISSEAU EXTRATERRESTRE...
ILS FONCENT SUR NOUS!
AUTORISATION D'OUVRIR LE FEU?
COLONEL? SIR?

AUTORISATION REFUSÉE. NE FAITES RIEN...
QUE POURRIONS-NOUS FAIRE DEVANT UNE TELLE DÉMONSTRATION DE PUISSANCE?
ON DIRAIT QUE LES HUMAINS ONT DROIT À LEUR PREMIÈRE COLOSCOPIE...
... ET SANS ANESTHÉSIE.
QUE SE PASSE-T-IL? QUE FONT-ILS?
CALMEZ-VOUS!
S'ILS VOULAIENT NOUS ATTAQUER, NOUS SERIONS DÉJÀ MORTS.

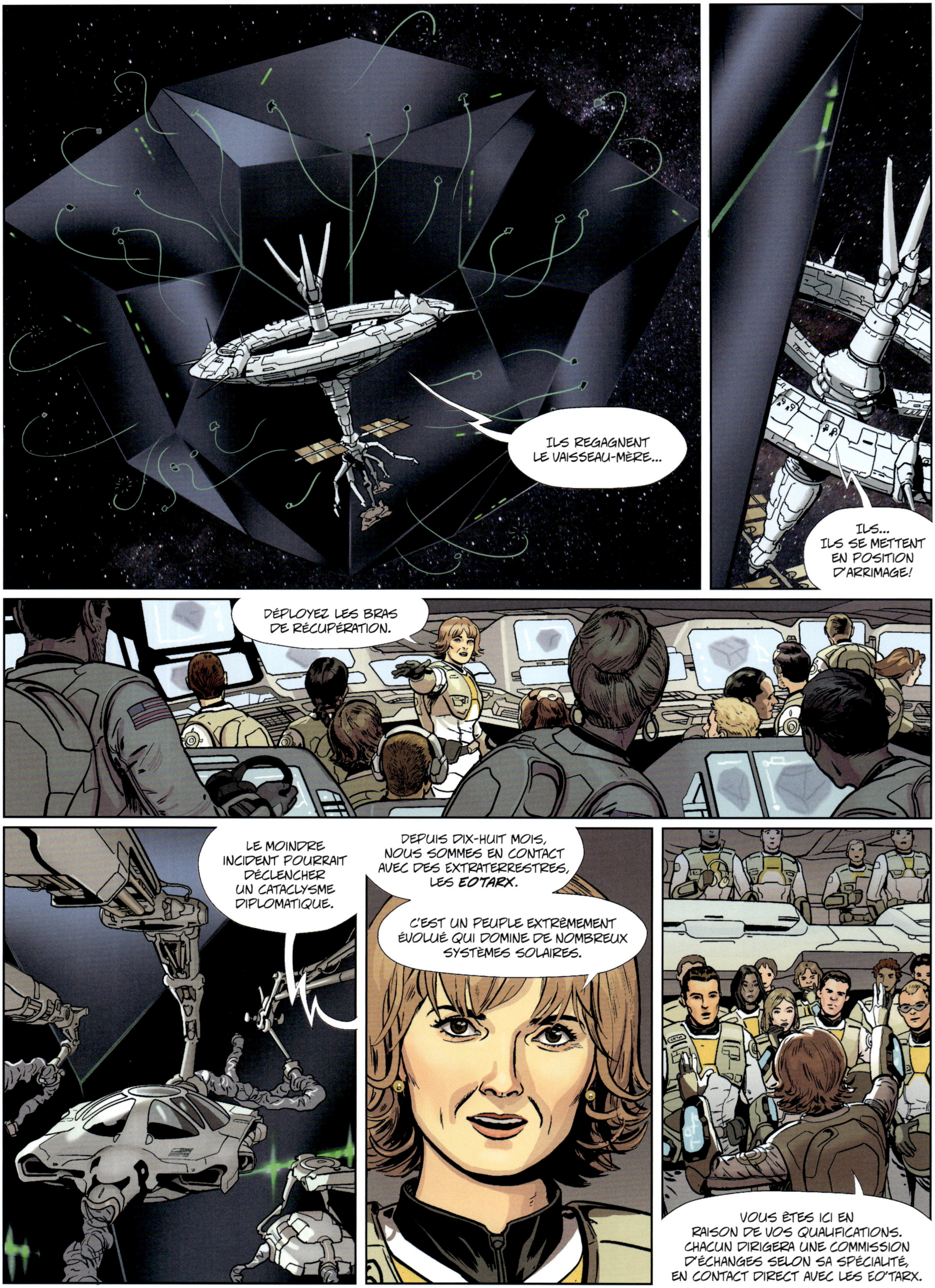

ILS REGAGNENT LE VAISSEAU-MÈRE...
ILS... ILS SE METTENT EN POSITION D'ARRIMAGE!
DÉPLOYEZ LES BRAS DE RÉCUPÉRATION.
LE MOINDRE INCIDENT POURRAIT DÉCLENCHER UN CATACLYSME DIPLOMATIQUE.
DEPUIS DIX-HUIT MOIS, NOUS SOMMES EN CONTACT AVEC DES EXTRATERRESTRES, LES EO'TARX.
C'EST UN PEUPLE EXTRÊMEMENT ÉVOLUÉ QUI DOMINE DE NOMBREUX SYSTÈMES SOLAIRES.
VOUS ÊTES ICI EN RAISON DE VOS QUALIFICATIONS. CHACUN DIRIGERA UNE COMMISSION D'ÉCHANGES SELON SA SPÉCIALITÉ, EN CONTACT DIRECT AVEC LES EO'TARX.

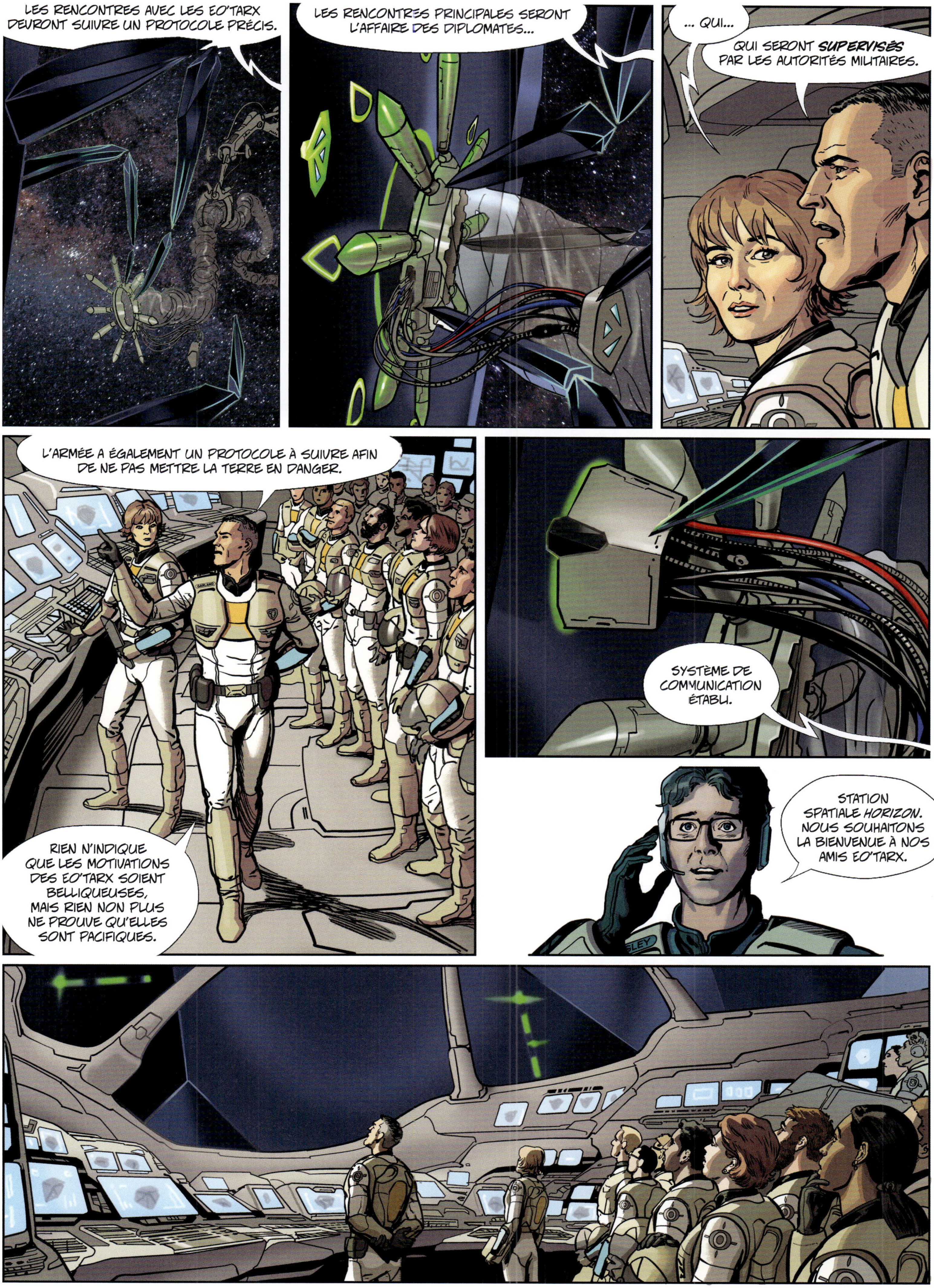
LES RENCONTRES AVEC LES EO'TARX DEVRONT SUIVRE UN PROTOCOLE PRÉCIS.
LES RENCONTRES PRINCIPALES SERONT L'AFFAIRE DES DIPLOMATES...
... QUI...
QUI SERONT **SUPERVISÉS** PAR LES AUTORITÉS MILITAIRES.
L'ARMÉE A ÉGALEMENT UN PROTOCOLE À SUIVRE AFIN DE NE PAS METTRE LA TERRE EN DANGER.
RIEN N'INDIQUE QUE LES MOTIVATIONS DES EO'TARX SOIENT BELLIQUEUSES, MAIS RIEN NON PLUS NE PROUVE QU'ELLES SONT PACIFIQUES.
SYSTÈME DE COMMUNICATION ÉTABLI.
STATION SPATIALE *HORIZON*. NOUS SOUHAITONS LA BIENVENUE À NOS AMIS EO'TARX.

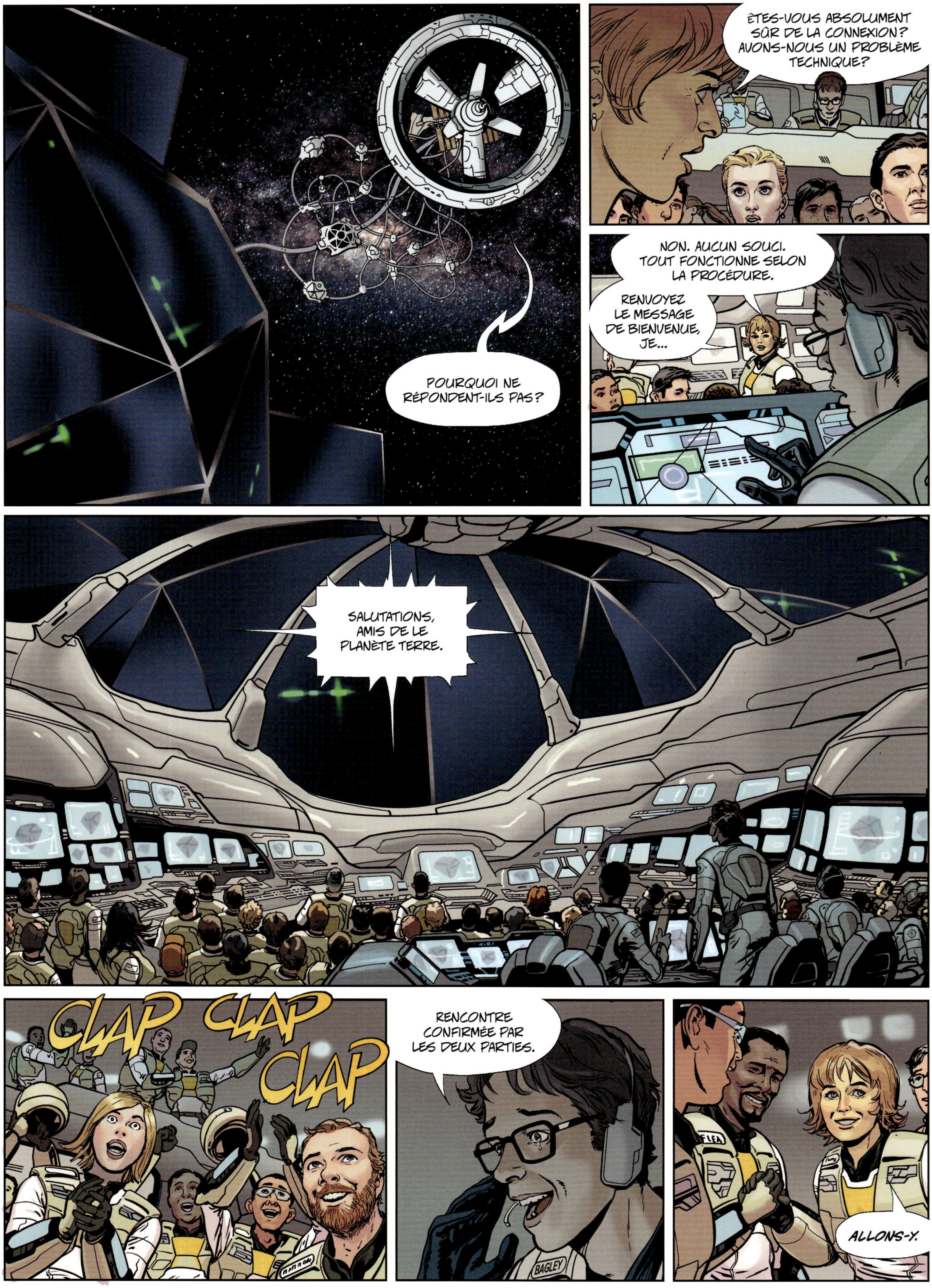
POURQUOI NE RÉPONDENT-ILS PAS?
ÊTES-VOUS ABSOLUMENT SÛR DE LA CONNEXION? AVONS-NOUS UN PROBLÈME TECHNIQUE?
NON. AUCUN SOUCI. TOUT FONCTIONNE SELON LA PROCÉDURE.
RENVOYEZ LE MESSAGE DE BIENVENUE, JE...
SALUTATIONS, AMIS DE LE PLANÈTE TERRE.
CLAP CLAP CLAP
RENCONTRE CONFIRMÉE PAR LES DEUX PARTIES.
BAGLEY
ALLONS-Y.

CE PREMIER ÉCHANGE DEVRA SE LIMITER À DES SALUTATIONS. RIEN DE PLUS.
LE PROTOCOLE DOIT ÊTRE SUIVI À LA LETTRE.
ORTON
LE CHOC DES CULTURES POURRAIT ÊTRE LA PREMIÈRE SOURCE D'INCIDENTS.
RESTEZ VIGILANTS ET SIGNALEZ LE MOINDRE PROBLÈME.
TLACK
QUE FONT-ILS? POURQUOI NE SORTENT-ILS PAS?
REGARDEZ! LA PORTE... ELLE S'OUVRE!

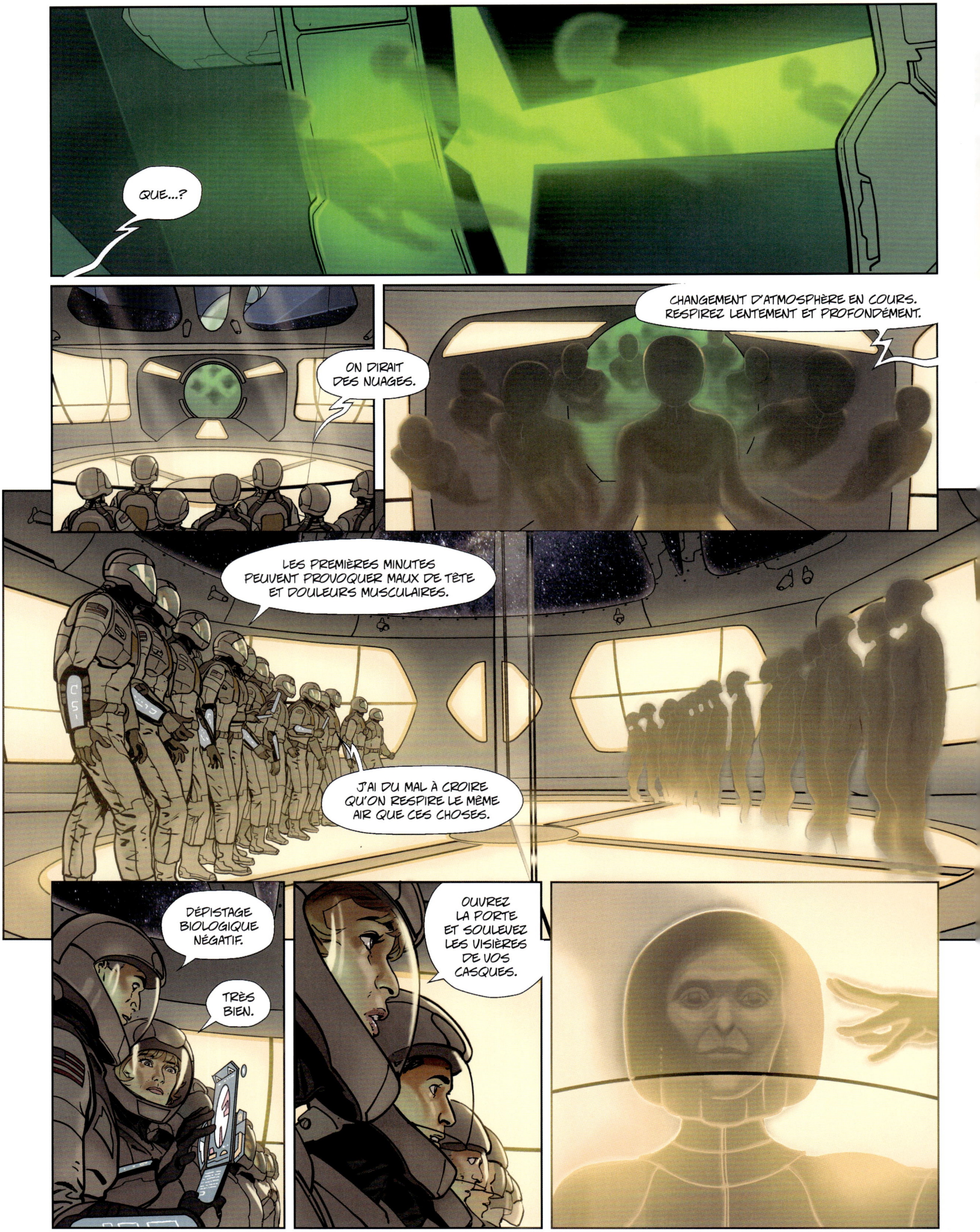
QUE...?
ON DIRAIT DES NUAGES.
CHANGEMENT D'ATMOSPHÈRE EN COURS. RESPIREZ LENTEMENT ET PROFONDÉMENT.
LES PREMIÈRES MINUTES PEUVENT PROVOQUER MAUX DE TÊTE ET DOULEURS MUSCULAIRES.
J'AI DU MAL À CROIRE QU'ON RESPIRE LE MÊME AIR QUE CES CHOSES.
DÉPISTAGE BIOLOGIQUE NÉGATIF.
TRÈS BIEN.
OUVREZ LA PORTE ET SOULEVEZ LES VISIÈRES DE VOS CASQUES.

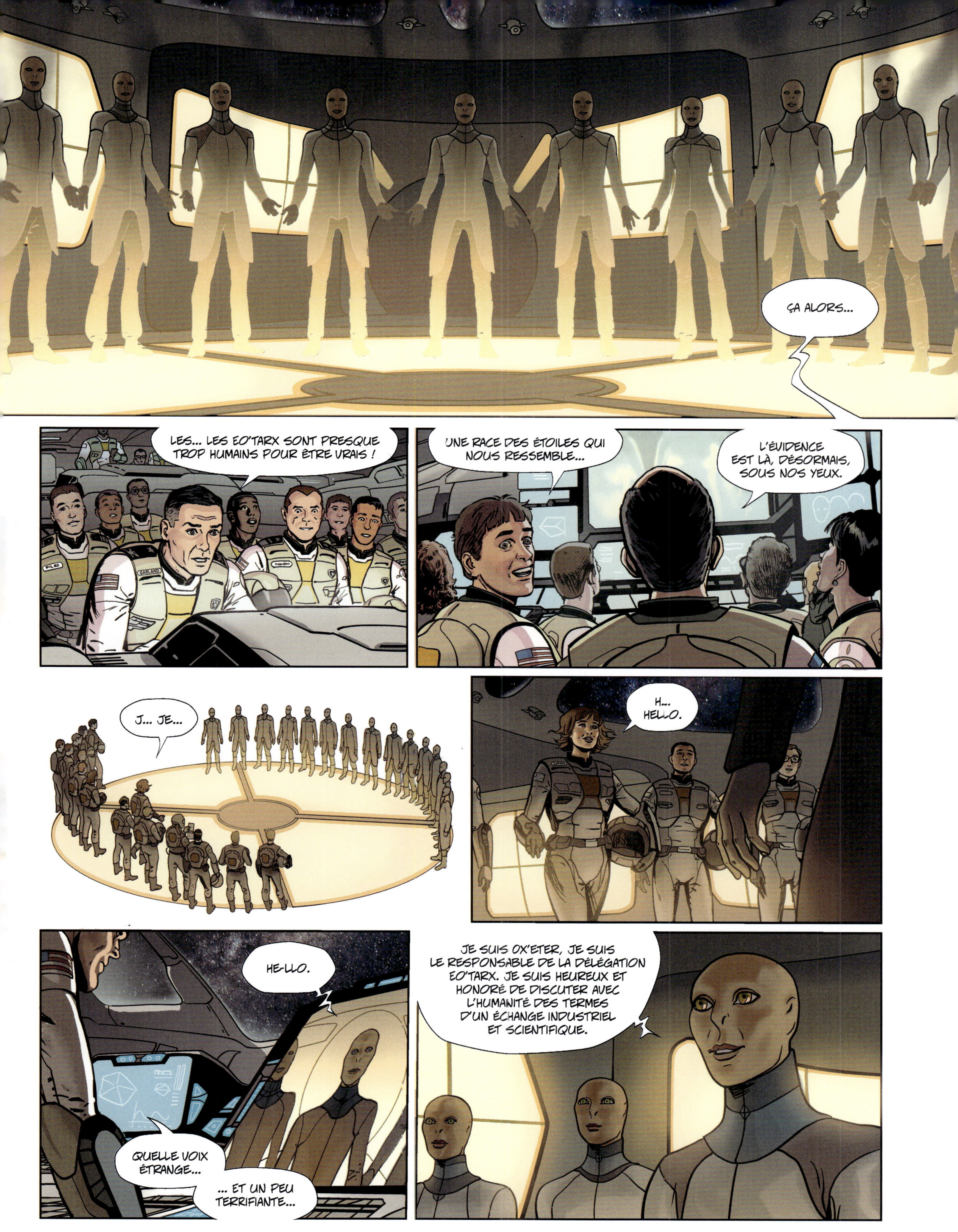
ÇA ALORS...
LES... LES EO'TARX SONT PRESQUE TROP HUMAINS POUR ÊTRE VRAIS !
UNE RACE DES ÉTOILES QUI NOUS RESSEMBLE...
L'ÉVIDENCE EST LÀ, DÉSORMAIS, SOUS NOS YEUX.
J... JE...
H... HELLO.
HE-LLO.
QUELLE VOIX ÉTRANGE...
... ET UN PEU TERRIFIANTE...
JE SUIS OX'ETER, JE SUIS LE RESPONSABLE DE LA DÉLÉGATION EO'TARX. JE SUIS HEUREUX ET HONORÉ DE DISCUTER AVEC L'HUMANITÉ DES TERMES D'UN ÉCHANGE INDUSTRIEL ET SCIENTIFIQUE.

PERMETTEZ-MOI DE PROCÉDER, COMME CONVENU, À LA REMISE DE NOS PRÉSENTS.
VOICI UN ACCÉLÉRATEUR DE PARTICULES PORTATIF ET UN DÉTECTEUR DE CELLULES ENDOMMAGÉES.
C'EST À MON TOUR DE VOUS OFFRIR, AU NOM DE L'HUMANITÉ TOUT ENTIÈRE, CE QUE VOUS AVEZ DEMANDÉ.
ILS NOUS OFFRENT DES TECHNOLOGIES RÉVOLUTIONNAIRES ET NOUS LEUR DONNONS DES *SINGES*...?
ÇA A L'AIR DE LEUR PLAIRE.
VOICI MES COLLABORATEURS. MICHAEL BARETS, ETHNOLOGUE, HARRY SHECKLEY, GÉNÉTICIEN...
... ET ENFIN, DANKO ORTON, LINGUISTE.
DANKO ORTON, VOICI NO'MI, VOTRE INTERLOCUTRICE.
SALUTATIONS, DANKO.
BONJOUR, NO'MI.

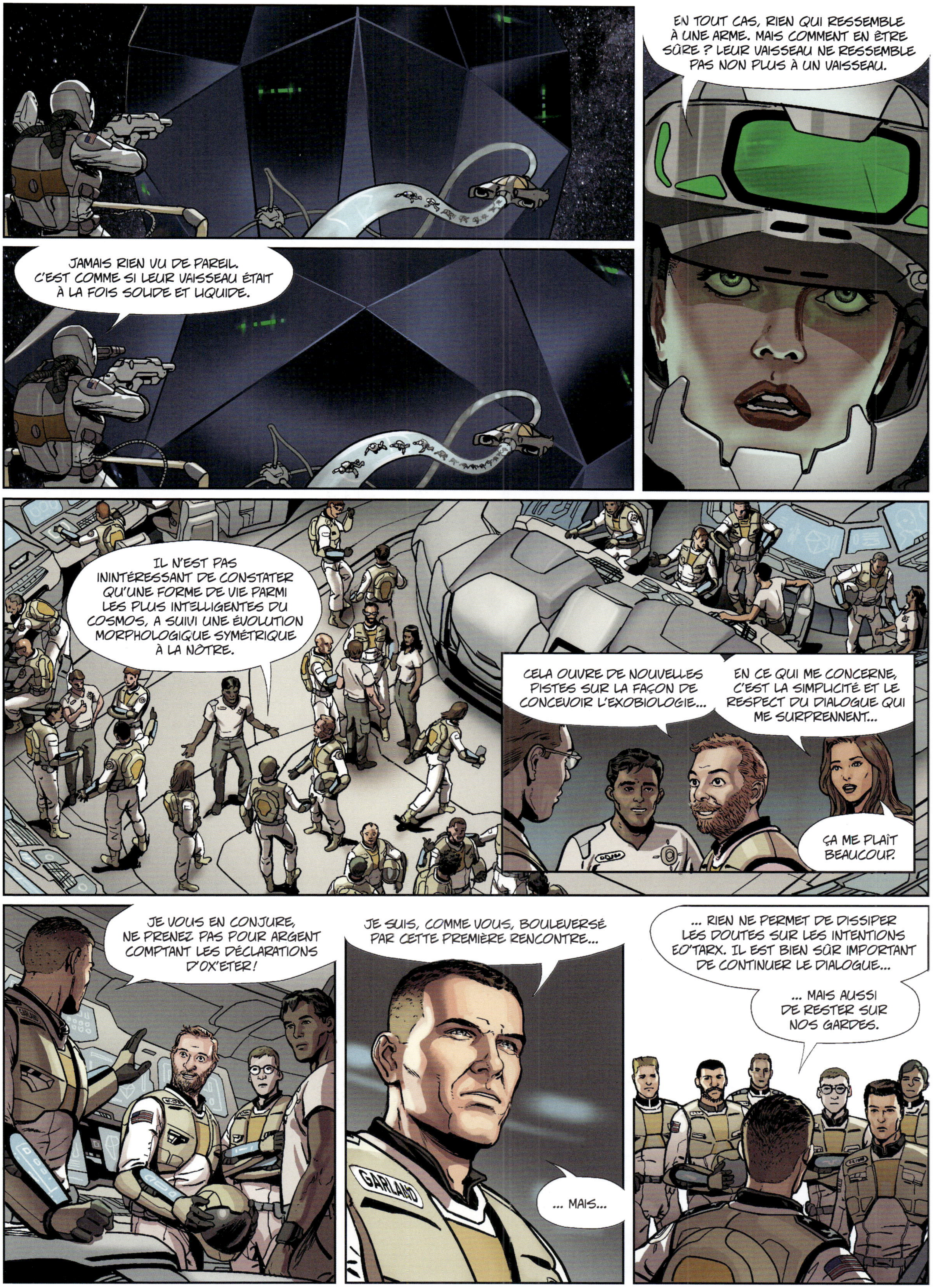
EN TOUT CAS, RIEN QUI RESSEMBLE À UNE ARME. MAIS COMMENT EN ÊTRE SÛRE ? LEUR VAISSEAU NE RESSEMBLE PAS NON PLUS À UN VAISSEAU.
JAMAIS RIEN VU DE PAREIL. C'EST COMME SI LEUR VAISSEAU ÉTAIT À LA FOIS SOLIDE ET LIQUIDE.
IL N'EST PAS ININTÉRESSANT DE CONSTATER QU'UNE FORME DE VIE PARMI LES PLUS INTELLIGENTES DU COSMOS, A SUIVI UNE ÉVOLUTION MORPHOLOGIQUE SYMÉTRIQUE À LA NÔTRE.
CELA OUVRE DE NOUVELLES PISTES SUR LA FAÇON DE CONCEVOIR L'EXOBIOLOGIE...
EN CE QUI ME CONCERNE, C'EST LA SIMPLICITÉ ET LE RESPECT DU DIALOGUE QUI ME SURPRENNENT...
ÇA ME PLAÎT BEAUCOUP.
JE VOUS EN CONJURE, NE PRENEZ PAS POUR ARGENT COMPTANT LES DÉCLARATIONS D'OX'ETER !
JE SUIS, COMME VOUS, BOULEVERSÉ PAR CETTE PREMIÈRE RENCONTRE...
GARLAND
... MAIS...
... RIEN NE PERMET DE DISSIPER LES DOUTES SUR LES INTENTIONS EO'TARX. IL EST BIEN SÛR IMPORTANT DE CONTINUER LE DIALOGUE...
... MAIS AUSSI DE RESTER SUR NOS GARDES.

NOUS SOMMES UN PEUPLE PACIFIQUE. NOUS MAITRISONS L'ESPACE-TEMPS.
POUR VOYAGER, IL NOUS FAUT ÉTABLIR DES RELAIS ÉNERGÉTIQUES DANS LE COSMOS, DES CARREFOURS ENTRE NOS DIFFÉRENTES LIGNES DE CIRCULATION.
NOUS SOUHAITONS TROUVER UN ACCORD AVEC LES HUMAINS POUR QUE VOTRE PLANÈTE HÉBERGE UN DE CES CARREFOURS.
NOUS NE DÉSIRONS RIEN D'AUTRE.
EN ÉCHANGE, LES EO'TARX PEUVENT FOURNIR AUX TERRIENS DIVERSES TECHNOLOGIES.
NOUS POUVONS VOUS AIDER À INVERSER LE RÉCHAUFFEMENT CLIMATIQUE QUI SEMBLE LE PROBLÈME MAJEUR DE VOTRE PLANÈTE EN RAISON DE L'ABUS DE CONSOMMATION D'ÉNERGIES FOSSILES.
LEUR CONNAISSANCE DE LA TERRE EST TROUBLANTE.
ILS NOUS ESPIONNENT DEPUIS LONGTEMPS.
LA PHILOSOPHIE EO'TARX EST DE VIVRE EN HARMONIE AVEC TOUTES LES AUTRES FORMES DE VIE.
UNE CARACTÉRISTIQUE QUI NOUS PERMET DE NOUS ÉTENDRE SUR DES CENTAINES DE MONDES.

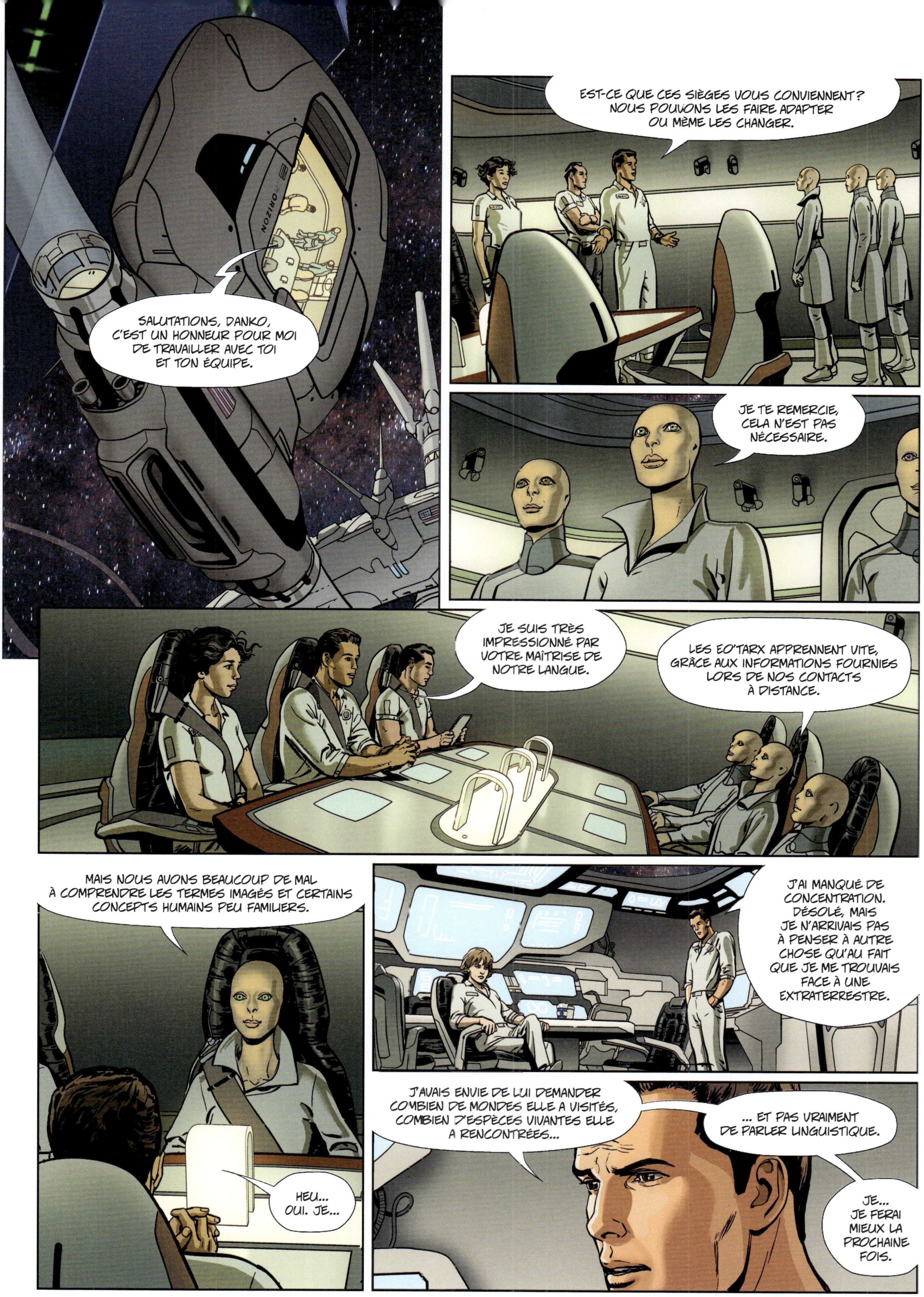
SALUTATIONS, DANKO, C'EST UN HONNEUR POUR MOI DE TRAVAILLER AVEC TOI ET TON ÉQUIPE.
EST-CE QUE CES SIÈGES VOUS CONVIENNENT ? NOUS POUVONS LES FAIRE ADAPTER OU MÊME LES CHANGER.
JE TE REMERCIE, CELA N'EST PAS NÉCESSAIRE.
JE SUIS TRÈS IMPRESSIONNÉ PAR VOTRE MAÎTRISE DE NOTRE LANGUE.
LES EO'TARX APPRENNENT VITE, GRÂCE AUX INFORMATIONS FOURNIES LORS DE NOS CONTACTS À DISTANCE.
MAIS NOUS AVONS BEAUCOUP DE MAL À COMPRENDRE LES TERMES IMAGÉS ET CERTAINS CONCEPTS HUMAINS PEU FAMILIERS.
HEU... OUI. JE...
J'AI MANQUÉ DE CONCENTRATION. DÉSOLÉ, MAIS JE N'ARRIVAIS PAS À PENSER À AUTRE CHOSE QU'AU FAIT QUE JE ME TROUVAIS FACE À UNE EXTRATERRESTRE.
J'AVAIS ENVIE DE LUI DEMANDER COMBIEN DE MONDES ELLE A VISITÉS, COMBIEN D'ESPÈCES VIVANTES ELLE A RENCONTRÉES...
... ET PAS VRAIMENT DE PARLER LINGUISTIQUE.
JE... JE FERAI MIEUX LA PROCHAINE FOIS.

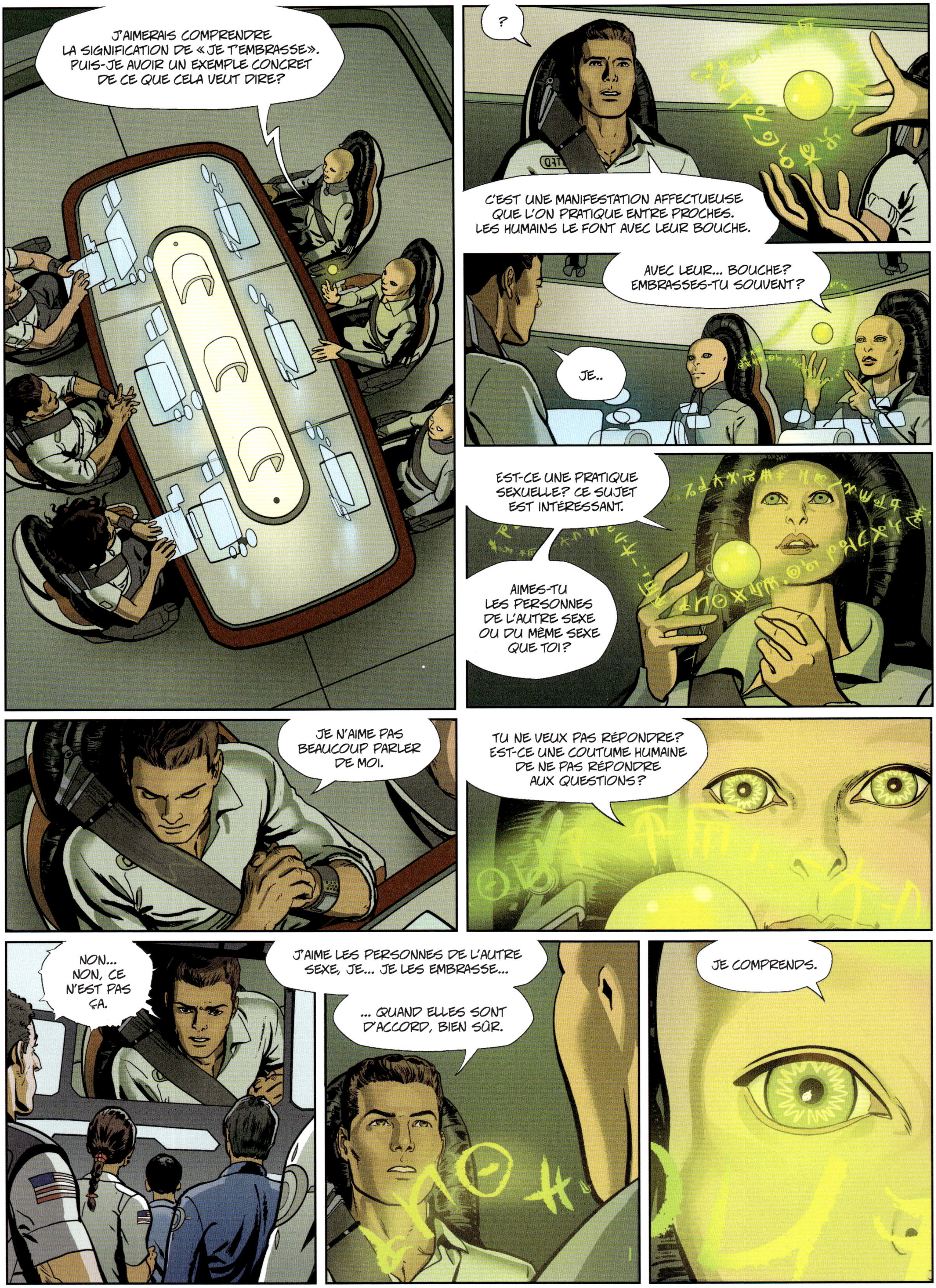
J'AIMERAIS COMPRENDRE LA SIGNIFICATION DE « JE T'EMBRASSE ». PUIS-JE AVOIR UN EXEMPLE CONCRET DE CE QUE CELA VEUT DIRE?
?
C'EST UNE MANIFESTATION AFFECTUEUSE QUE L'ON PRATIQUE ENTRE PROCHES. LES HUMAINS LE FONT AVEC LEUR BOUCHE.
AVEC LEUR... BOUCHE? EMBRASSES-TU SOUVENT?
JE..
EST-CE UNE PRATIQUE SEXUELLE? CE SUJET EST INTÉRESSANT.
AIMES-TU LES PERSONNES DE L'AUTRE SEXE OU DU MÊME SEXE QUE TOI?
JE N'AIME PAS BEAUCOUP PARLER DE MOI.
TU NE VEUX PAS RÉPONDRE? EST-CE UNE COUTUME HUMAINE DE NE PAS RÉPONDRE AUX QUESTIONS?
NON... NON, CE N'EST PAS ÇA.
J'AIME LES PERSONNES DE L'AUTRE SEXE, JE... JE LES EMBRASSE...
... QUAND ELLES SONT D'ACCORD, BIEN SÛR.
JE COMPRENDS.

MERCI, DANKO.
SE SERRER LA MAIN QUAND ON SE SÉPARE EST UNE AUTRE PRATIQUE CORPORELLE HUMAINE, JE CROIS?
OUI, C'EST TOUT À FAIT EXACT.
LE CONTACT EST INTÉRESSANT...
... ET AGRÉABLE.
CETTE DISCUSSION POURRAIT SEMBLER ÉQUIVOQUE.
MAIS ELLE SE COMPORTAIT DE FAÇON DÉTACHÉE, SCIENTIFIQUE...
J'AI QUAND MÊME EU L'IMPRESSION QU'ELLE T'A CARESSÉ LA MAIN AVEC SON POUCE.
... C'ÉTAIT ÉTRANGE.
NON, NON, JE N'AI RIEN RESSENTI DE TEL.
NOUS ÉCHANGEONS AVEC DES EXTRATERRESTRES... TOUT EST ÉTRANGE.
TOUT EST ÉTRANGE...

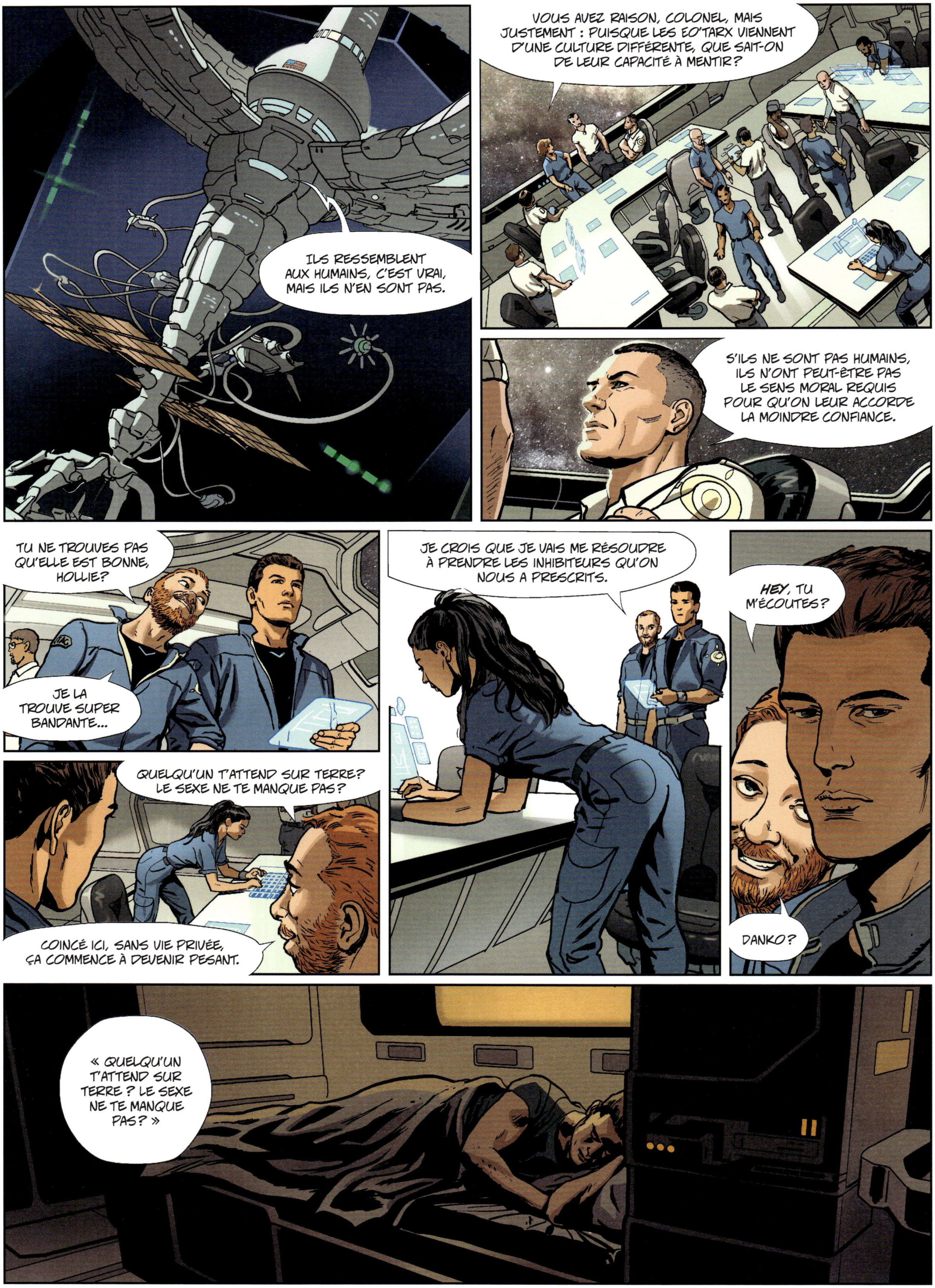
ILS RESSEMBLENT AUX HUMAINS, C'EST VRAI, MAIS ILS N'EN SONT PAS.
VOUS AVEZ RAISON, COLONEL, MAIS JUSTEMENT : PUISQUE LES EO'TARX VIENNENT D'UNE CULTURE DIFFÉRENTE, QUE SAIT-ON DE LEUR CAPACITÉ À MENTIR?
S'ILS NE SONT PAS HUMAINS, ILS N'ONT PEUT-ÊTRE PAS LE SENS MORAL REQUIS POUR QU'ON LEUR ACCORDE LA MOINDRE CONFIANCE.
TU NE TROUVES PAS QU'ELLE EST BONNE, HOLLIE?
JE LA TROUVE SUPER BANDANTE...
QUELQU'UN T'ATTEND SUR TERRE? LE SEXE NE TE MANQUE PAS?
COINCÉ ICI, SANS VIE PRIVÉE, ÇA COMMENCE À DEVENIR PESANT.
JE CROIS QUE JE VAIS ME RÉSOUDRE À PRENDRE LES INHIBITEURS QU'ON NOUS A PRESCRITS.
HEY, TU M'ÉCOUTES?
DANKO?
« QUELQU'UN T'ATTEND SUR TERRE ? LE SEXE NE TE MANQUE PAS? »

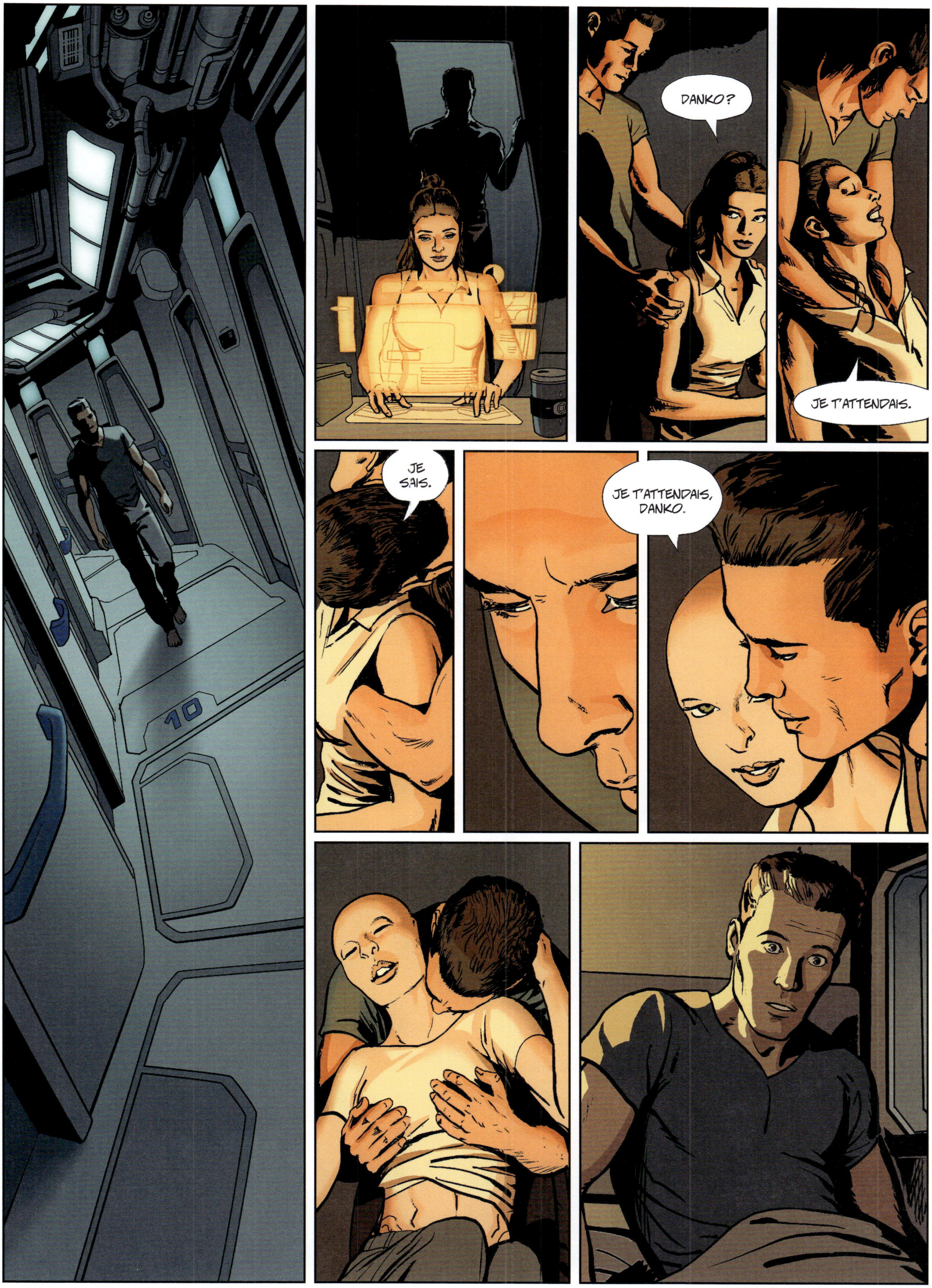
DANKO?
JE T'ATTENDAIS.
JE SAIS.
JE T'ATTENDAIS, DANKO.

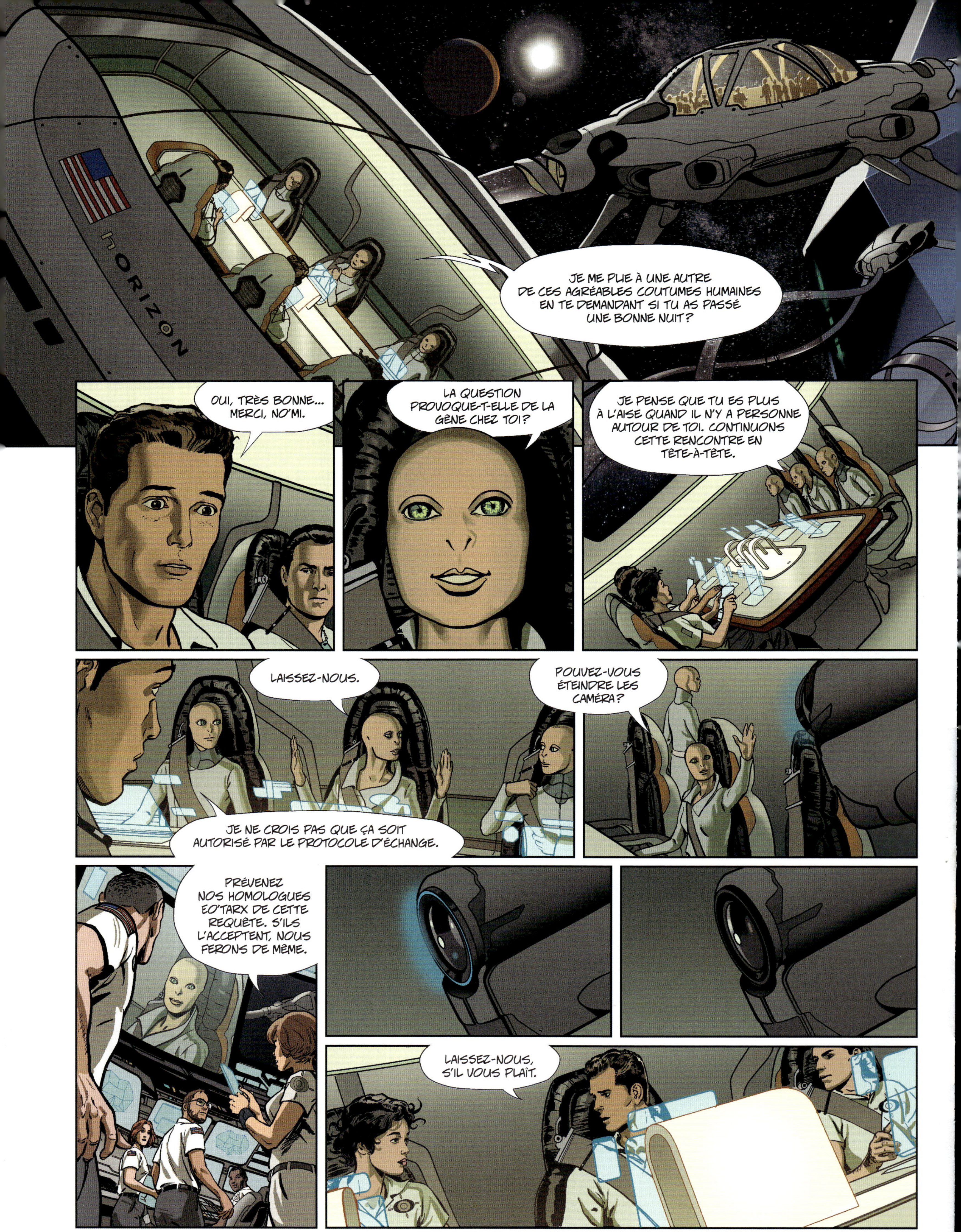
HORIZON
JE ME PLIE À UNE AUTRE DE CES AGRÉABLES COUTUMES HUMAINES EN TE DEMANDANT SI TU AS PASSÉ UNE BONNE NUIT?
OUI, TRÈS BONNE... MERCI, NO'MI.
LA QUESTION PROVOQUE-T-ELLE DE LA GÊNE CHEZ TOI?
JE PENSE QUE TU ES PLUS À L'AISE QUAND IL N'Y A PERSONNE AUTOUR DE TOI. CONTINUONS CETTE RENCONTRE EN TÊTE-À-TÊTE.
LAISSEZ-NOUS.
JE NE CROIS PAS QUE ÇA SOIT AUTORISÉ PAR LE PROTOCOLE D'ÉCHANGE.
POUVEZ-VOUS ÉTEINDRE LES CAMÉRA?
PRÉVENEZ NOS HOMOLOGUES EO'TARX DE CETTE REQUÊTE. S'ILS L'ACCEPTENT, NOUS FERONS DE MÊME.
LAISSEZ-NOUS, S'IL VOUS PLAÎT.

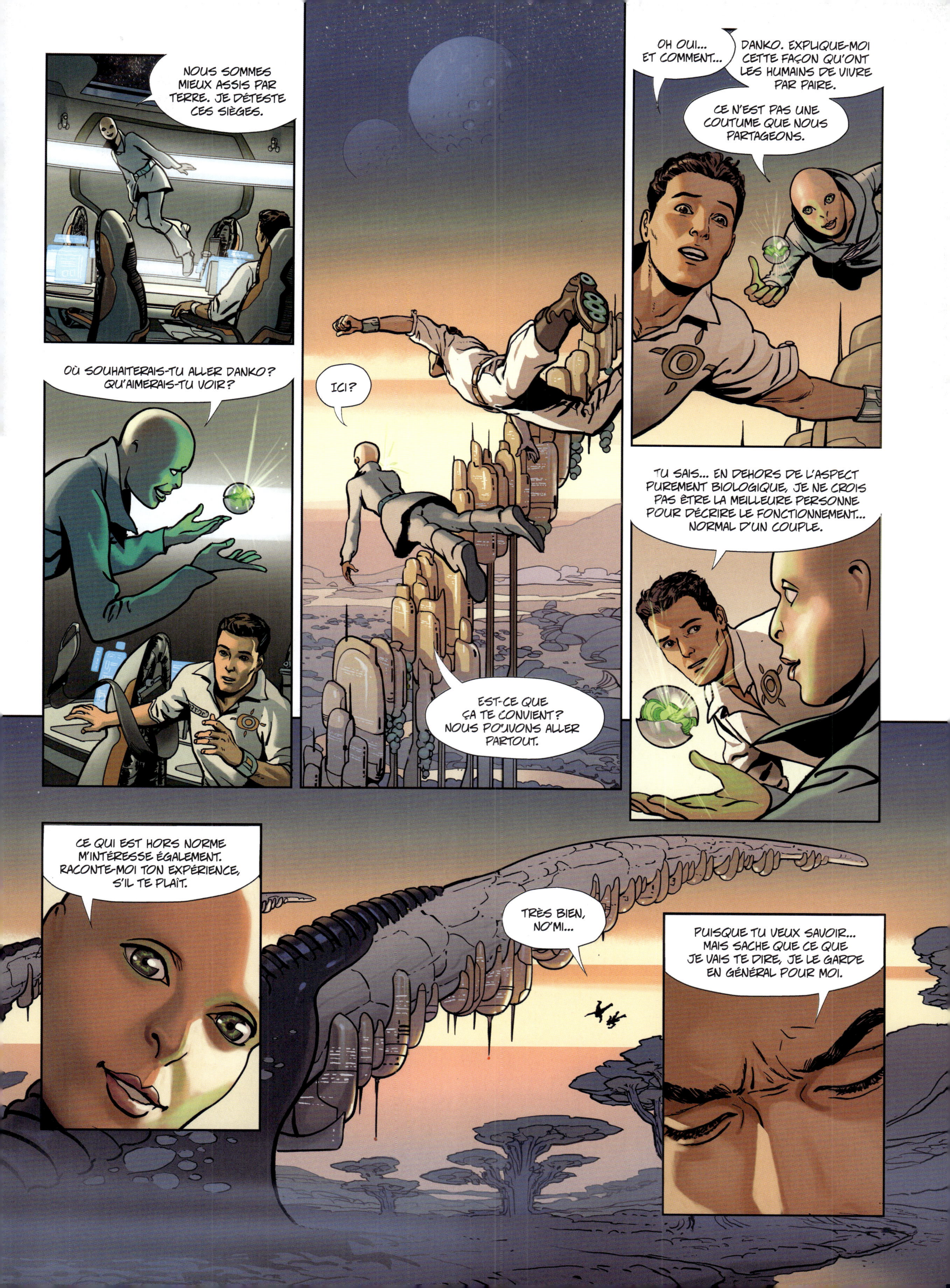
NOUS SOMMES MIEUX ASSIS PAR TERRE. JE DÉTESTE CES SIÈGES.
OÙ SOUHAITERAIS-TU ALLER DANKO ? QU'AIMERAIS-TU VOIR ?
ICI ?
EST-CE QUE ÇA TE CONVIENT ? NOUS POUVONS ALLER PARTOUT.
DANKO. EXPLIQUE-MOI CETTE FAÇON QU'ONT LES HUMAINS DE VIVRE PAR PAIRE.
OH OUI... ET COMMENT...
CE N'EST PAS UNE COUTUME QUE NOUS PARTAGEONS.
TU SAIS... EN DEHORS DE L'ASPECT PUREMENT BIOLOGIQUE, JE NE CROIS PAS ÊTRE LA MEILLEURE PERSONNE POUR DÉCRIRE LE FONCTIONNEMENT... NORMAL D'UN COUPLE.
CE QUI EST HORS NORME M'INTÉRESSE ÉGALEMENT. RACONTE-MOI TON EXPÉRIENCE, S'IL TE PLAÎT.
TRÈS BIEN, NO'MI...
PUISQUE TU VEUX SAVOIR... MAIS SACHE QUE CE QUE JE VAIS TE DIRE, JE LE GARDE EN GÉNÉRAL POUR MOI.

JE PENSAIS QUE TU N'ALLAIS JAMAIS TE DÉCIDER À M'EMBRASSER...
AH?
TON CÔTÉ TÉNÉBREUX ET MYSTÉRIEUX M'A TOUJOURS INTRIGUÉE... ET UN PEU ATTIRÉE.
TU DOIS AVOIR UN TERRIBLE SECRET. TU NE PARLES JAMAIS DE TOI.
MAIS NON ! JE N'AI RIEN À CACHER. JE N'AIME PAS PARLER DE MOI. C'EST TOUT.
JE T'AIME.
MOI AUSSI.
POURQUOI NE ME PARLES-TU JAMAIS DE TON PASSÉ? TU SAIS TOUT DE MOI ET JE NE SAIS QUASIMENT RIEN DE TOI.
TU EXAGÈRES... TU SAIS TOUT CE QU'IL Y A À SAVOIR.
TOUTES MES FÉLICITATIONS, MADAME ORTON... VOUS AVEZ FAIT LE BON CHOIX!
LE MONDE ENTIER VOUS ENVIE...
FAIS-MOI L'AMOUR.
FAIS-MOI UN ENFANT, TOUT DE SUITE.
LÀ? MAINTENANT? DÉJÀ?
JE SUIS CREVÉ... TROP CREVÉ POUR FAIRE L'AMOUR... JE ME VOIS MAL ARRIVER EN RETARD POUR MON PREMIER JOUR À LA CIA.

JE VEUX UN ENFANT, DANKO, J'EN AI ASSEZ D'ATTENDRE.
MAIS... C'EST TROP TÔT. ON EST... ON EST ENCORE JEUNES, ON A TOUT LE TEMPS.
ÇA FAIT TROIS ANS QUE TU TROUVES DES EXCUSES. J'EN AI ASSEZ.
TU VEUX UN ENFANT, OUI OU NON?
NON.
JE... JE SUIS DÉSOLÉ, ZOEY. SINCÈREMENT. JE T'AIME...
... MAIS JE NE VEUX PAS D'ENFANT.
U-HAUL
U-HAUL
Truck Share
$19.95
JE SUIS SURPRIS DE M'ÊTRE CONFIÉ À TOI.

POURQUOI NE PAS TE CONFIER PLUS SOUVENT ?
N'EST-CE PAS CE QUE FONT LES HUMAINS ?
LES HUMAINS NE SONT PAS TOUS LES MÊMES. ET LE MENSONGE RÉGIT PARFOIS DAVANTAGE LES RELATIONS QUE LES ÉCHANGES SINCÈRES.
ORTON
JE... PARDONNE-MOI, NO'MI.
CES CONSIDÉRATIONS SONT DÉPLACÉES. LES HUMAINS SONT DES CRÉATURES FORMIDABLES ET...
NE T'INQUIÈTE PAS. CELA RESTE ENTRE NOUS. J'APPRÉCIE QUE TU TE SOIS OUVERT, QUE TU M'AIES MONTRÉ DE LA CONFIANCE.
C'EST BIEN AINSI QUE LES HUMAINS MANIFESTENT LEUR DÉSIR D'ÊTRE PROCHES ?
OUI.
TU N'AS... TU N'AS PAS DE LANGUE, N'EST-CE PAS ?
NOUS NE DEVRIONS PAS FAIRE ÇA.
POURQUOI ? PARCE QUE JE N'AI PAS DE LANGUE ?

BIEN SÛR QUE NON.
SUR TERRE, DEUX PERSONNES QUI SE CONNAISSENT À PEINE NE SONT PAS CENSÉES FAIRE ÇA. ET PUIS, CELA ÉVEILLE LE DÉSIR SEXUEL, CELA PEUT ALLER PLUS LOIN QU'UN BAISER.
NO'MI?
POURQUOI NO'MI VOULAIT-ELLE RESTER SEULE AVEC VOUS?
DE QUOI AVEZ-VOUS PARLÉ?
HORIZON
NOUS AVONS PARLÉ DE PROBLÈMES SÉMANTIQUES, RIEN DE VRAIMENT PARTICULIER.
IL SE PASSE D'ÉVIDENCE QUELQUE CHOSE...
MAIS QUOI?
JE NE SAIS PAS. JE NE COMPRENDS PAS PLUS QUE VOUS.

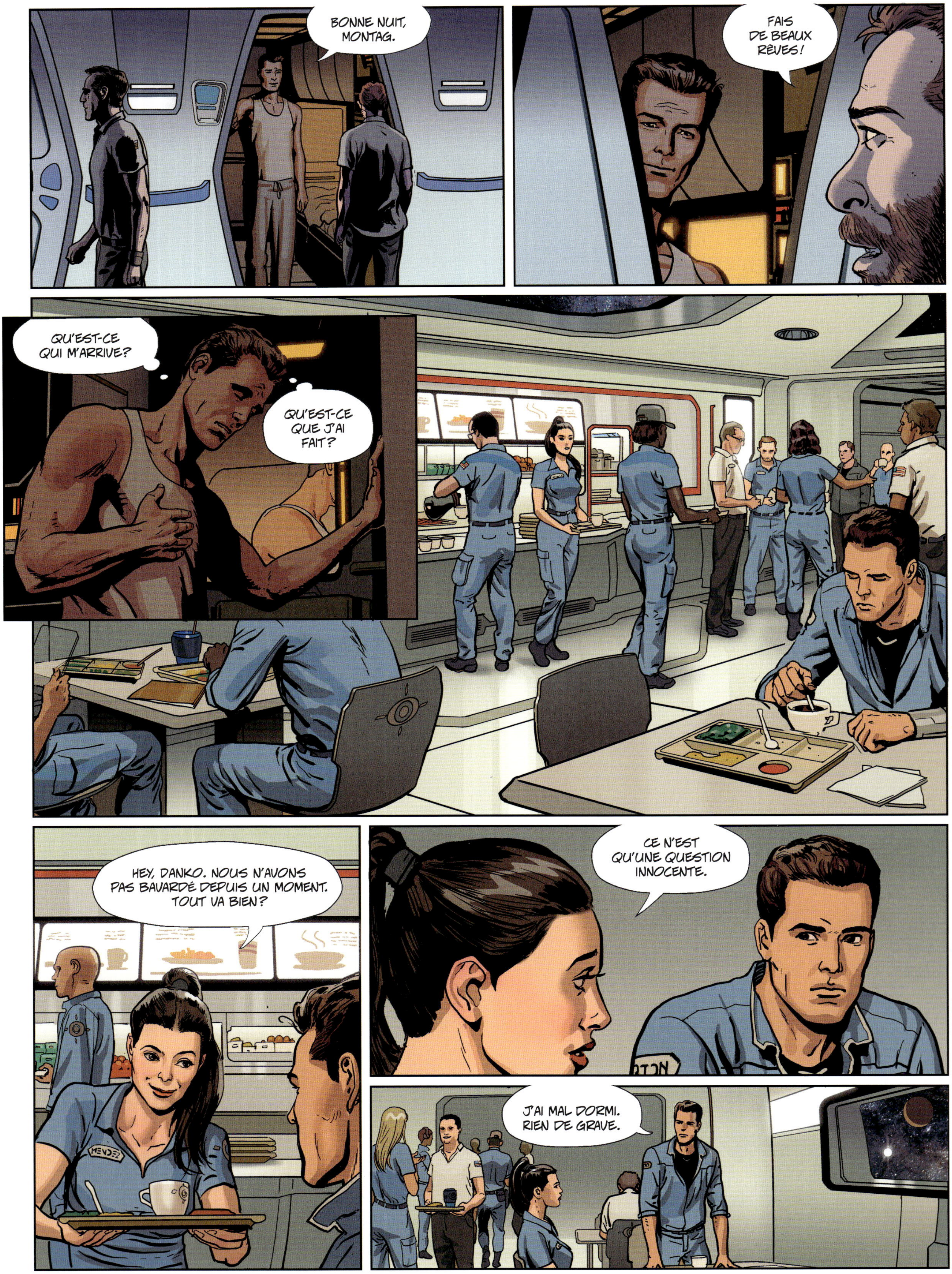
BONNE NUIT, MONTAG.
FAIS DE BEAUX RÊVES !
QU'EST-CE QUI M'ARRIVE?
QU'EST-CE QUE J'AI FAIT?
HEY, DANKO. NOUS N'AVONS PAS BAVARDÉ DEPUIS UN MOMENT. TOUT VA BIEN?
CE N'EST QU'UNE QUESTION INNOCENTE.
J'AI MAL DORMI. RIEN DE GRAVE.

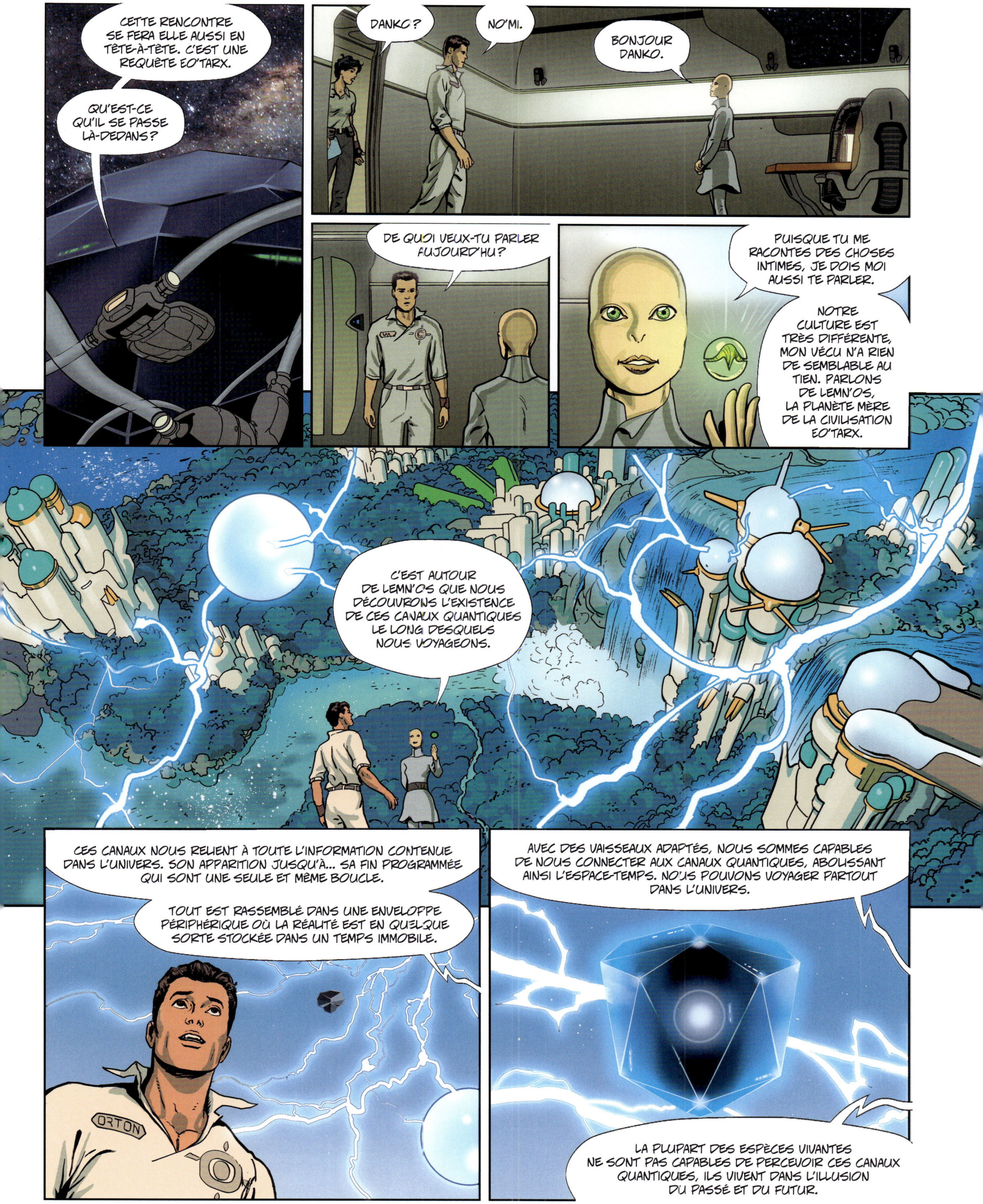
CETTE RENCONTRE SE FERA ELLE AUSSI EN TÊTE-À-TÊTE. C'EST UNE REQUÊTE EO'TARX.
QU'EST-CE QU'IL SE PASSE LÀ-DEDANS ?
DANKO ?
NO'MI.
BONJOUR DANKO.
DE QUOI VEUX-TU PARLER AUJOURD'HUI ?
PUISQUE TU ME RACONTES DES CHOSES INTIMES, JE DOIS MOI AUSSI TE PARLER.
NOTRE CULTURE EST TRÈS DIFFÉRENTE, MON VÉCU N'A RIEN DE SEMBLABLE AU TIEN. PARLONS DE LEMN'OS, LA PLANÈTE MÈRE DE LA CIVILISATION EO'TARX.
C'EST AUTOUR DE LEMN'OS QUE NOUS DÉCOUVRONS L'EXISTENCE DE CES CANAUX QUANTIQUES LE LONG DESQUELS NOUS VOYAGEONS.
CES CANAUX NOUS RELIENT À TOUTE L'INFORMATION CONTENUE DANS L'UNIVERS. SON APPARITION JUSQU'À... SA FIN PROGRAMMÉE QUI SONT UNE SEULE ET MÊME BOUCLE.
TOUT EST RASSEMBLÉ DANS UNE ENVELOPPE PÉRIPHÉRIQUE OÙ LA RÉALITÉ EST EN QUELQUE SORTE STOCKÉE DANS UN TEMPS IMMOBILE.
ORTON
AVEC DES VAISSEAUX ADAPTÉS, NOUS SOMMES CAPABLES DE NOUS CONNECTER AUX CANAUX QUANTIQUES, ABOLISSANT AINSI L'ESPACE-TEMPS. NOUS POUVONS VOYAGER PARTOUT DANS L'UNIVERS.
LA PLUPART DES ESPÈCES VIVANTES NE SONT PAS CAPABLES DE PERCEVOIR CES CANAUX QUANTIQUES, ILS VIVENT DANS L'ILLUSION DU PASSÉ ET DU FUTUR.

NOS VAISSEAUX EXISTENT À LEUR POINT DE DÉPART ET À LEUR POINT D'ARRIVÉE ET EXISTENT ÉGALEMENT À TOUS LES ENDROITS DU TEMPS PAR LESQUELS ILS TRANSITENT ET CELA, AU MÊME INSTANT.
C'EST LA CLÉ DE PUISSANCE EO'TARX. ELLE EST NÉANMOINS FRAGILE CAR ELLE NÉCESSITE UNE QUANTITÉ EXTRAORDINAIRE D'ÉNERGIE.
L'ACCORD AVEC LA TERRE EST DONC ESSENTIEL.
POURQUOI ME RACONTES-TU TOUT CELA? N'EST-CE PAS RÉSERVÉ AUX RENCONTRES DE HAUT NIVEAU?
LE TEMPS, TEL QUE LES HUMAINS LE VIVENT, EST UNE AFFAIRE DE PERCEPTION. TOUT EXISTE AU MÊME MOMENT, VOS VIES, VOTRE HISTOIRE, VOS SECRETS...
TON SECRET, DANKO.
CAR TU AS BIEN UN SECRET, N'EST-CE PAS?
RACONTE-MOI, DANKO.
OKAY... PUISQUE TU VEUX SAVOIR.
MAIS SACHE QUE SI CELA ÉTAIT DIVULGUÉ, CELA POURRAIT ME COÛTER TRÈS CHER...

MON... MON SECRET COMMENCE DEUX ANS AVANT QUE JE NE RENCONTRE ZOEY.
GOLDSBORO, NORTH CAROLINA.
J'ÉTAIS LE MEILLEUR JOUEUR DE FOOTBALL DE L'ÉCOLE.
LA STAR.
ON EST EN FINALE GRÂCE À TOI ! JE SUIS FIER DE TOI, DANKO !
BIEN JOUÉ, DANKO...
JE SAIS, JE SUIS LE MEILLEUR !
C'EST GRÂCE À TOI QU'ON A GAGNÉ, MEC, C'EST AVEC NOUS QUE TU TE **BOURRES LA GUEULE** !
APRÈS UN TEL MATCH, TU PEUX BOUFFER N'IMPORTE QUELLE CHATTE ! QU'EST-CE QUE TU FOUS AVEC UNE ***PUTAIN*** DE BLACK ?
POUR LA PREMIÈRE FOIS DE NOTRE HISTOIRE, NOUS ALLONS EN FINALE.
HONNEUR À TOI, DANKO.
TU ES MAINTENANT LE SYMBOLE DE NOTRE ÉCOLE. NE NOUS DÉÇOIS PAS. ARRÊTE DE PERDRE TON TEMPS AVEC CETTE FILLE, EUY.
SURTOUT NE TE TROMPE PAS, ÇA N'A RIEN À VOIR AVEC DU RACISME. LES COMMUNAUTÉS SONT PLUS SOLIDES QUAND ELLES SONT ***HOMOGÈNES***. C'EST TOUT.

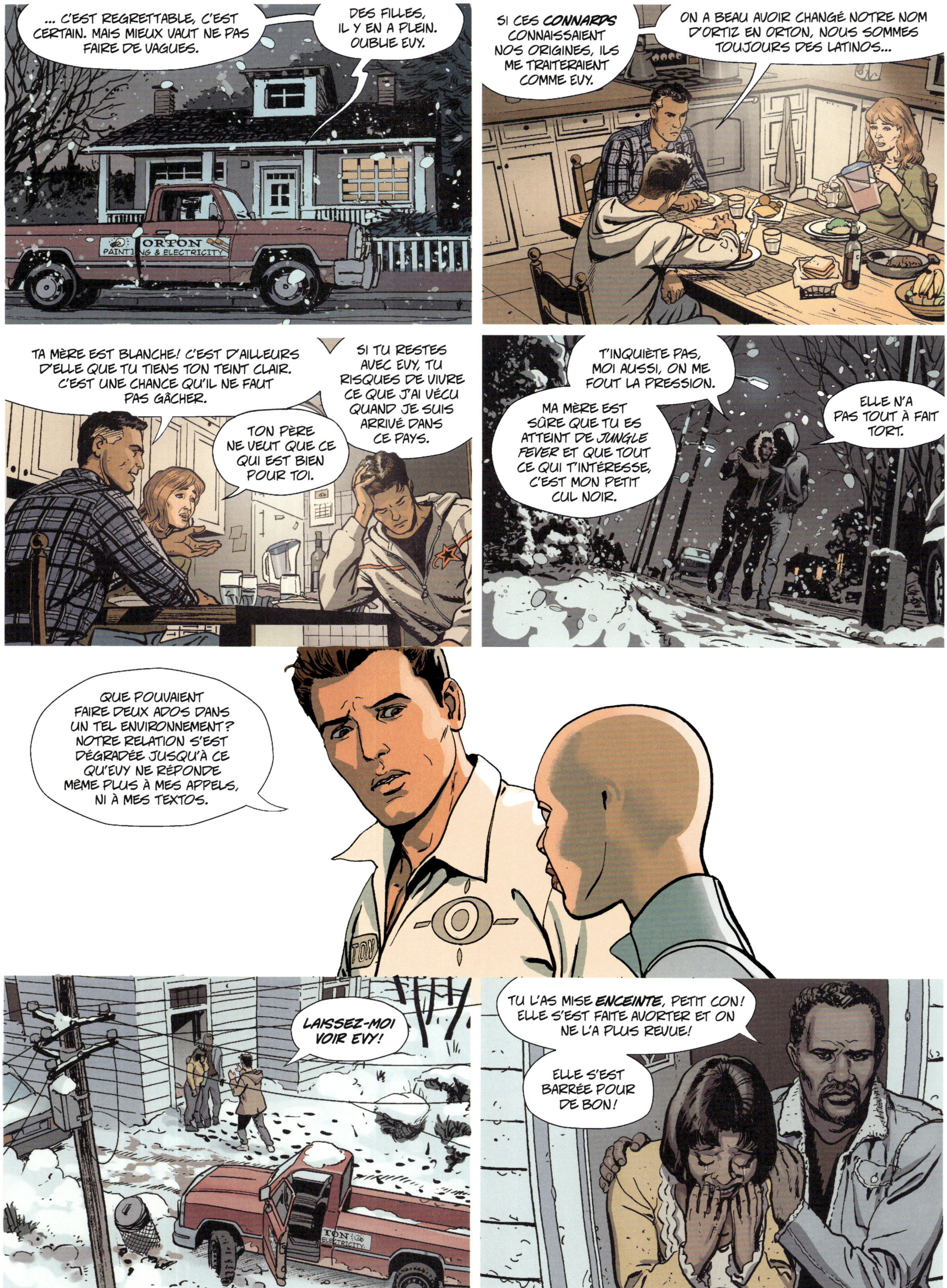
... C'EST REGRETTABLE, C'EST CERTAIN. MAIS MIEUX VAUT NE PAS FAIRE DE VAGUES.
DES FILLES, IL Y EN A PLEIN. OUBLIE EVY.
ORTON PAINTING & ELECTRICITY
SI CES CONNARDS CONNAISSAIENT NOS ORIGINES, ILS ME TRAITERAIENT COMME EVY.
ON A BEAU AVOIR CHANGÉ NOTRE NOM D'ORTIZ EN ORTON, NOUS SOMMES TOUJOURS DES LATINOS...
TA MÈRE EST BLANCHE! C'EST D'AILLEURS D'ELLE QUE TU TIENS TON TEINT CLAIR. C'EST UNE CHANCE QU'IL NE FAUT PAS GÂCHER.
SI TU RESTES AVEC EVY, TU RISQUES DE VIVRE CE QUE J'AI VÉCU QUAND JE SUIS ARRIVÉ DANS CE PAYS.
TON PÈRE NE VEUT QUE CE QUI EST BIEN POUR TOI.
T'INQUIÈTE PAS, MOI AUSSI, ON ME FOUT LA PRESSION.
MA MÈRE EST SÛRE QUE TU ES ATTEINT DE JUNGLE FEVER ET QUE TOUT CE QUI T'INTÉRESSE, C'EST MON PETIT CUL NOIR.
ELLE N'A PAS TOUT À FAIT TORT.
QUE POUVAIENT FAIRE DEUX ADOS DANS UN TEL ENVIRONNEMENT? NOTRE RELATION S'EST DÉGRADÉE JUSQU'À CE QU'EVY NE RÉPONDE MÊME PLUS À MES APPELS, NI À MES TEXTOS.
LAISSEZ-MOI VOIR EVY!
TU L'AS MISE ENCEINTE, PETIT CON! ELLE S'EST FAITE AVORTER ET ON NE L'A PLUS REVUE!
ELLE S'EST BARRÉE POUR DE BON!

QU... QUOI?
IL... IL FAUT QUE JE LUI PARLE, IL FAUT QUE JE LA RETROUVE.
C'EST TON PÈRE QUI A PAYÉ POUR L'AVORTEMENT, CONNARD! LA CONDITION ÉTAIT QU'ELLE NE TE REVOIE PLUS JAMAIS.
CASSE-TOI, MAINTENANT! TOUT ÇA, C'EST DE TA FAUTE!
J'AI AGI COMME UN PÈRE DOIT LE FAIRE. JE N'AI FAIT QUE CE QUI ÉTAIT JUSTE POUR TOI.
JUSTE?!
KRACK
NE ME PARLE PLUS JAMAIS DE CE QUI EST JUSTE!
JE NE REMETTRAI PLUS JAMAIS LES PIEDS DANS CETTE PUTAIN DE BARAQUE!
IRONIE DU SORT, QUELQUES ANNÉES PLUS TARD, J'AI ÉPOUSÉ LE RÊVE DE MON PÈRE, UNE FEMME BLANCHE, ZOEY.
JE N'AI JAMAIS RETROUVÉ EVY. PEUT-ÊTRE N'A-T-ELLE PAS AVORTÉ?
PEUT-ÊTRE AI-JE UN ENFANT QUE JE NE CONNAITRAI SANS DOUTE JAMAIS.

TA PEAU...
ELLE EST TELLEMENT DOUCE.
JE N'AI JAMAIS CONNU ÇA.
NOUS SOMMES DES ÊTRES DIFFÉRENTS.
ÇA T'ENNUIE?
NON, BIEN SÛR QUE NON.
QUE CES DIFFÉRENCES NOUS UNISSENT.

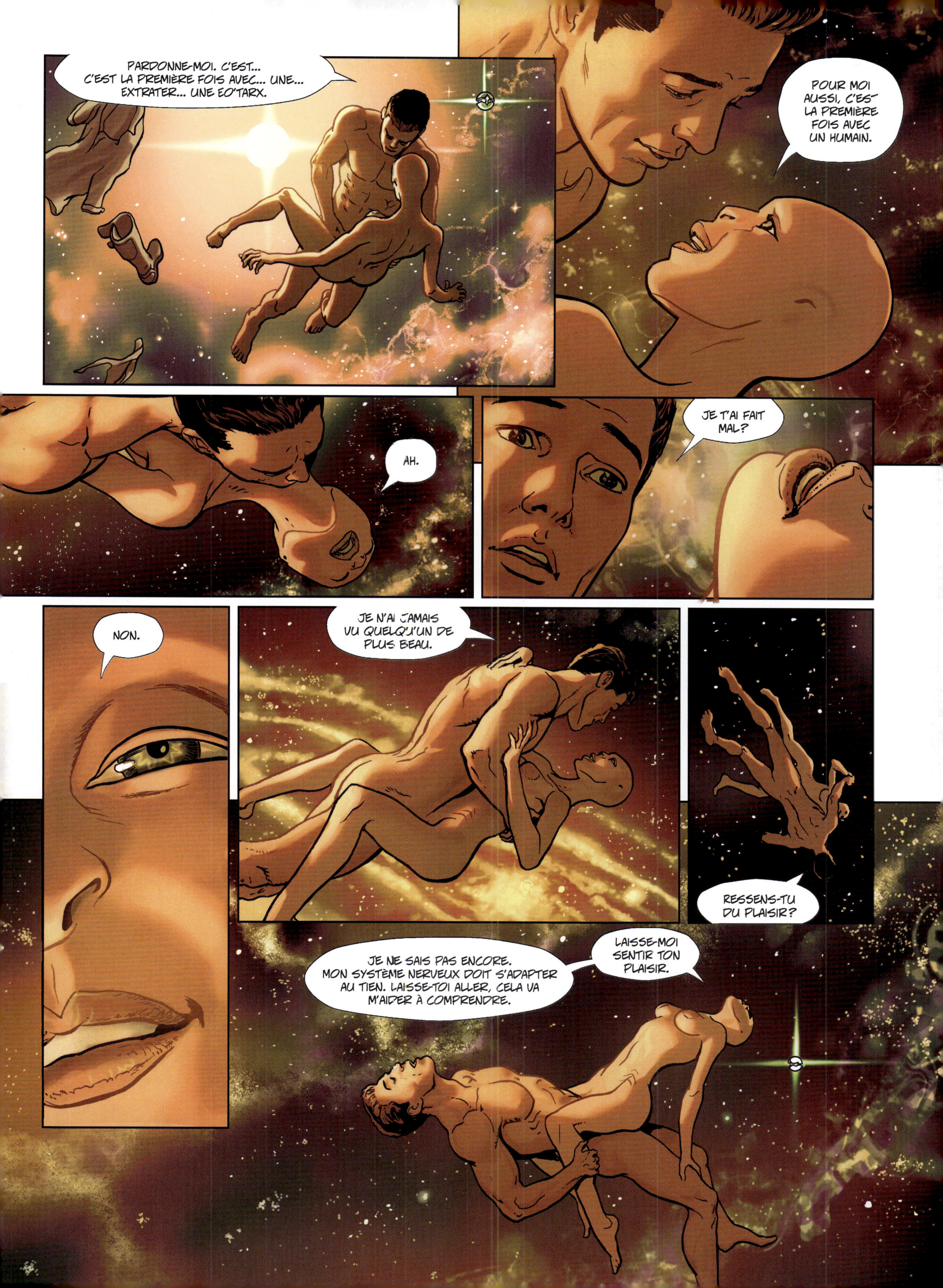
PARDONNE-MOI. C'EST... C'EST LA PREMIÈRE FOIS AVEC... UNE... EXTRATER... UNE EO'TARX.
POUR MOI AUSSI, C'EST LA PREMIÈRE FOIS AVEC UN HUMAIN.
AH.
JE T'AI FAIT MAL?
NON.
JE N'AI JAMAIS VU QUELQU'UN DE PLUS BEAU.
RESSENS-TU DU PLAISIR?
JE NE SAIS PAS ENCORE. MON SYSTÈME NERVEUX DOIT S'ADAPTER AU TIEN. LAISSE-TOI ALLER, CELA VA M'AIDER À COMPRENDRE.
LAISSE-MOI SENTIR TON PLAISIR.

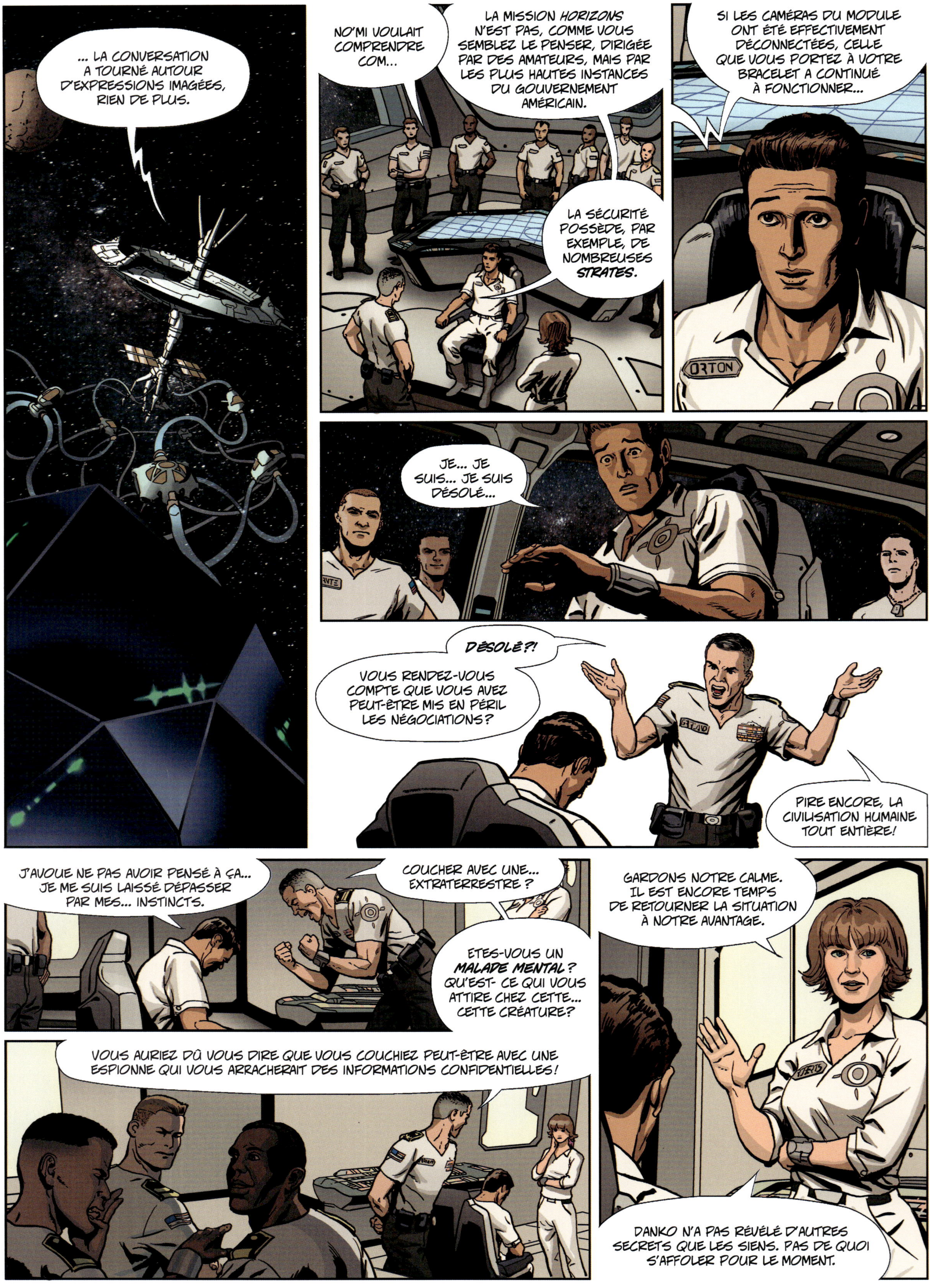
... LA CONVERSATION A TOURNÉ AUTOUR D'EXPRESSIONS IMAGÉES, RIEN DE PLUS.
NO'MI VOULAIT COMPRENDRE COM...
LA MISSION HORIZONS N'EST PAS, COMME VOUS SEMBLEZ LE PENSER, DIRIGÉE PAR DES AMATEURS, MAIS PAR LES PLUS HAUTES INSTANCES DU GOUVERNEMENT AMÉRICAIN.
LA SÉCURITÉ POSSÈDE, PAR EXEMPLE, DE NOMBREUSES STRATES.
SI LES CAMÉRAS DU MODULE ONT ÉTÉ EFFECTIVEMENT DÉCONNECTÉES, CELLE QUE VOUS PORTEZ À VOTRE BRACELET A CONTINUÉ À FONCTIONNER...
ORTON
JE... JE SUIS... JE SUIS DÉSOLÉ...
DÉSOLÉ?!
VOUS RENDEZ-VOUS COMPTE QUE VOUS AVEZ PEUT-ÊTRE MIS EN PÉRIL LES NÉGOCIATIONS?
PIRE ENCORE, LA CIVILISATION HUMAINE TOUT ENTIÈRE!
J'AVOUE NE PAS AVOIR PENSÉ À ÇA... JE ME SUIS LAISSÉ DÉPASSER PAR MES... INSTINCTS.
COUCHER AVEC UNE... EXTRATERRESTRE ?
ETES-VOUS UN MALADE MENTAL? QU'EST- CE QUI VOUS ATTIRE CHEZ CETTE... CETTE CRÉATURE?
VOUS AURIEZ DÛ VOUS DIRE QUE VOUS COUCHIEZ PEUT-ÊTRE AVEC UNE ESPIONNE QUI VOUS ARRACHERAIT DES INFORMATIONS CONFIDENTIELLES!
GARDONS NOTRE CALME. IL EST ENCORE TEMPS DE RETOURNER LA SITUATION À NOTRE AVANTAGE.
DANKO N'A PAS RÉVÉLÉ D'AUTRES SECRETS QUE LES SIENS. PAS DE QUOI S'AFFOLER POUR LE MOMENT.

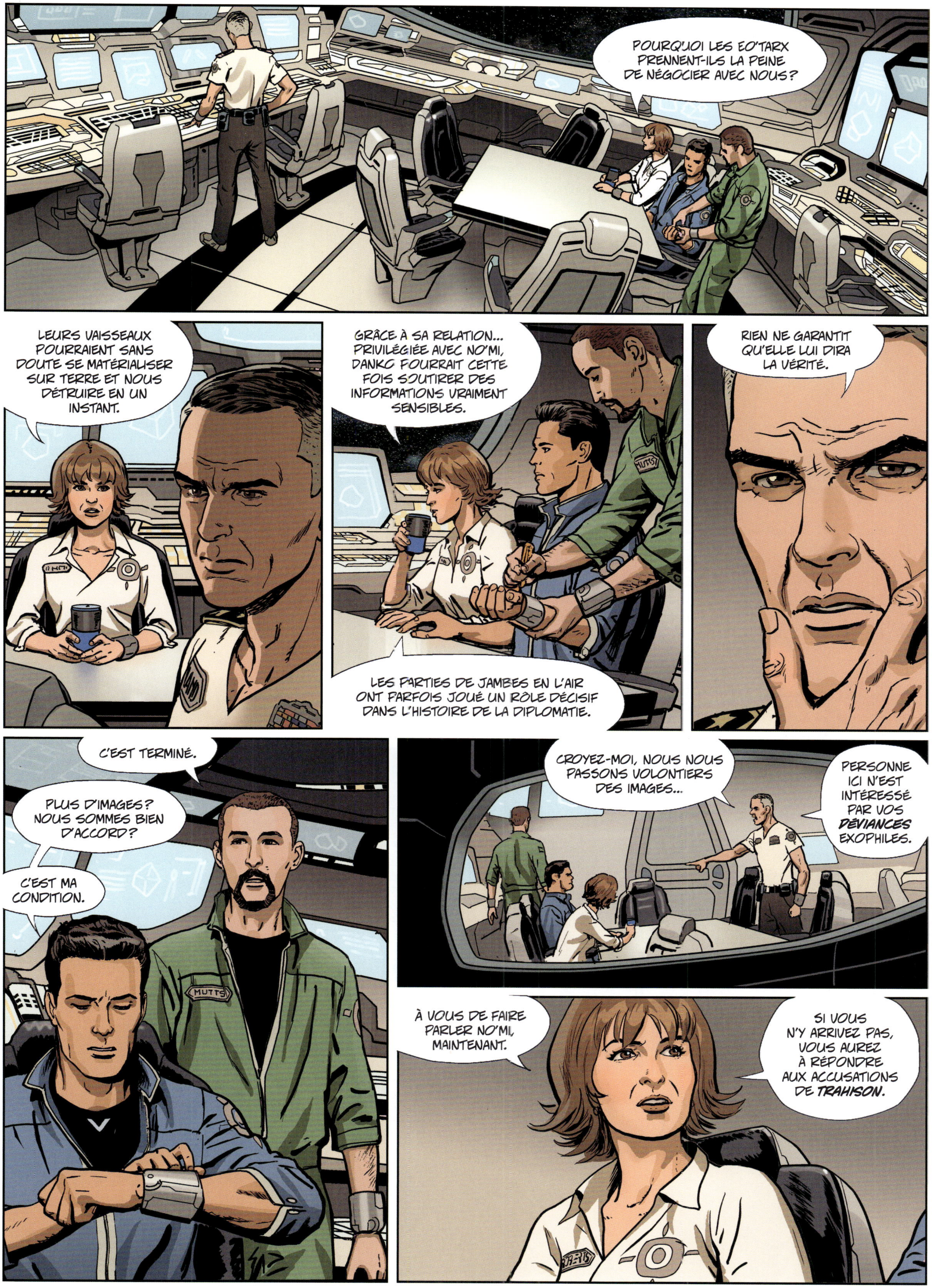
POURQUOI LES EO'TARX PRENNENT-ILS LA PEINE DE NÉGOCIER AVEC NOUS?
LEURS VAISSEAUX POURRAIENT SANS DOUTE SE MATÉRIALISER SUR TERRE ET NOUS DÉTRUIRE EN UN INSTANT.
GRÂCE À SA RELATION... PRIVILÉGIÉE AVEC NO'MI, DANKO POURRAIT CETTE FOIS SOUTIRER DES INFORMATIONS VRAIMENT SENSIBLES.
LES PARTIES DE JAMBES EN L'AIR ONT PARFOIS JOUÉ UN RÔLE DÉCISIF DANS L'HISTOIRE DE LA DIPLOMATIE.
RIEN NE GARANTIT QU'ELLE LUI DIRA LA VÉRITÉ.
C'EST TERMINÉ.
PLUS D'IMAGES? NOUS SOMMES BIEN D'ACCORD?
C'EST MA CONDITION.
CROYEZ-MOI, NOUS NOUS PASSONS VOLONTIERS DES IMAGES...
PERSONNE ICI N'EST INTÉRESSÉ PAR VOS DÉVIANCES EXOPHILES.
À VOUS DE FAIRE PARLER NO'MI, MAINTENANT.
SI VOUS N'Y ARRIVEZ PAS, VOUS AUREZ À RÉPONDRE AUX ACCUSATIONS DE TRAHISON.

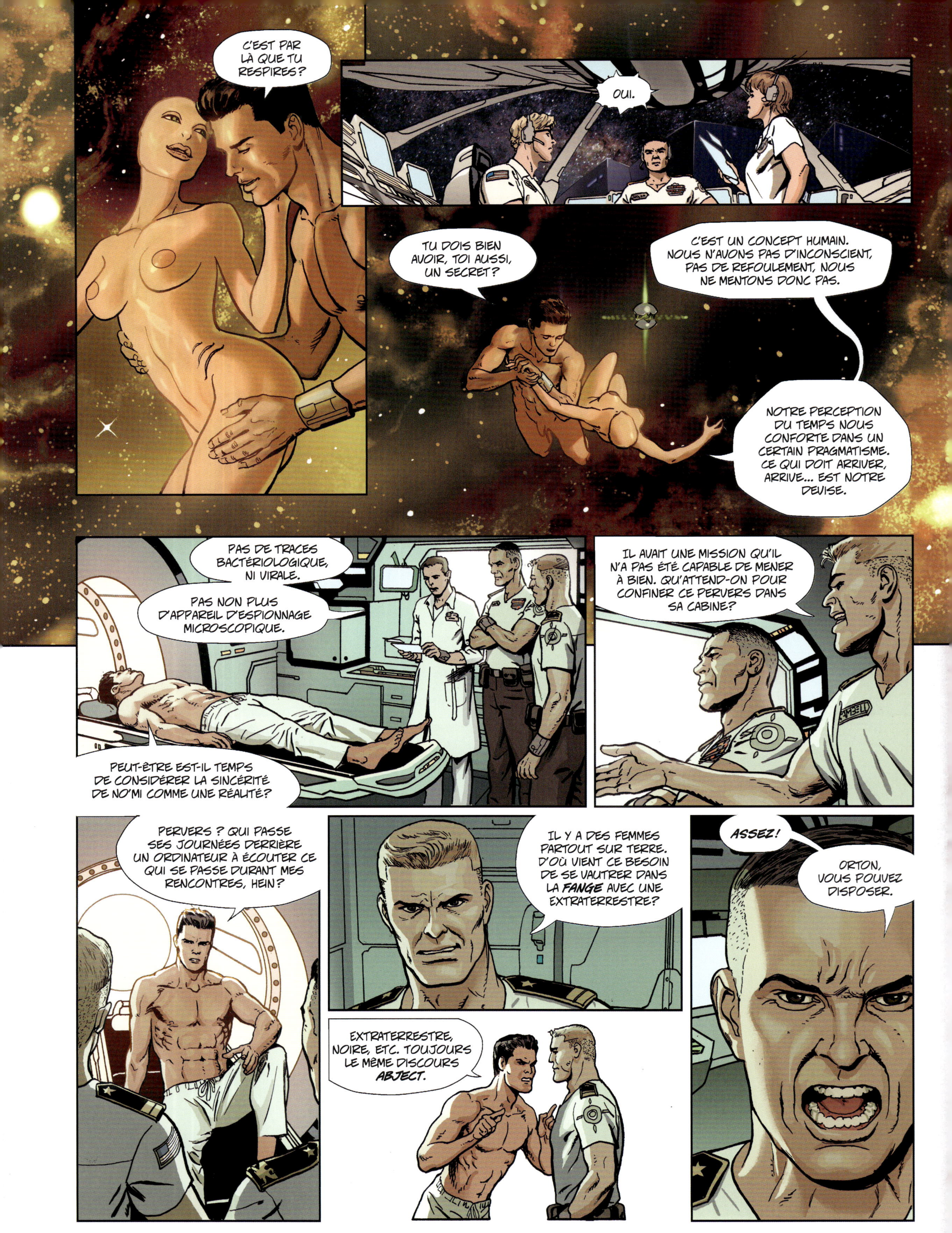
C'EST PAR LÀ QUE TU RESPIRES?
OUI.
TU DOIS BIEN AVOIR, TOI AUSSI, UN SECRET?
C'EST UN CONCEPT HUMAIN. NOUS N'AVONS PAS D'INCONSCIENT, PAS DE REFOULEMENT, NOUS NE MENTONS DONC PAS.
NOTRE PERCEPTION DU TEMPS NOUS CONFORTE DANS UN CERTAIN PRAGMATISME. CE QUI DOIT ARRIVER, ARRIVE... EST NOTRE DEVISE.
PAS DE TRACES BACTÉRIOLOGIQUE, NI VIRALE.
PAS NON PLUS D'APPAREIL D'ESPIONNAGE MICROSCOPIQUE.
PEUT-ÊTRE EST-IL TEMPS DE CONSIDÉRER LA SINCÉRITÉ DE NO'MI COMME UNE RÉALITÉ?
IL AVAIT UNE MISSION QU'IL N'A PAS ÉTÉ CAPABLE DE MENER À BIEN. QU'ATTEND-ON POUR CONFINER CE PERVERS DANS SA CABINE?
PERVERS ? QUI PASSE SES JOURNÉES DERRIÈRE UN ORDINATEUR À ÉCOUTER CE QUI SE PASSE DURANT MES RENCONTRES, HEIN?
IL Y A DES FEMMES PARTOUT SUR TERRE. D'OÙ VIENT CE BESOIN DE SE VAUTRER DANS LA FANGE AVEC UNE EXTRATERRESTRE?
EXTRATERRESTRE, NOIRE, ETC. TOUJOURS LE MÊME DISCOURS ABJECT.
ASSEZ!
ORTON, VOUS POUVEZ DISPOSER.

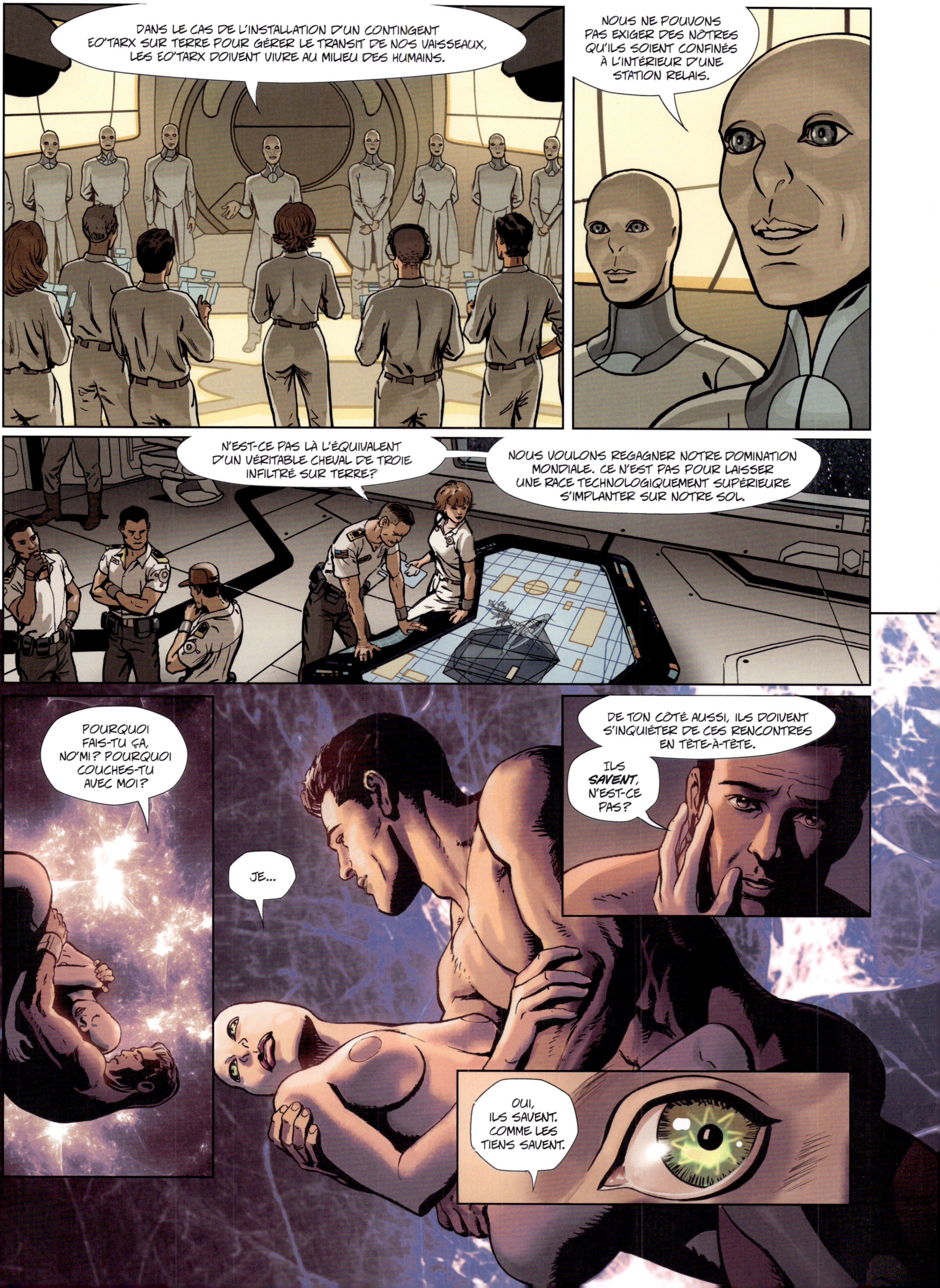
DANS LE CAS DE L'INSTALLATION D'UN CONTINGENT EO'TARX SUR TERRE POUR GÉRER LE TRANSIT DE NOS VAISSEAUX, LES EO'TARX DOIVENT VIVRE AU MILIEU DES HUMAINS.
NOUS NE POUVONS PAS EXIGER DES NÔTRES QU'ILS SOIENT CONFINÉS À L'INTÉRIEUR D'UNE STATION RELAIS.
N'EST-CE PAS LÀ L'ÉQUIVALENT D'UN VÉRITABLE CHEVAL DE TROIE INFILTRÉ SUR TERRE?
NOUS VOULONS REGAGNER NOTRE DOMINATION MONDIALE. CE N'EST PAS POUR LAISSER UNE RACE TECHNOLOGIQUEMENT SUPÉRIEURE S'IMPLANTER SUR NOTRE SOL.
POURQUOI FAIS-TU ÇA, NO'MI? POURQUOI COUCHES-TU AVEC MOI?
JE...
DE TON CÔTÉ AUSSI, ILS DOIVENT S'INQUIÉTER DE CES RENCONTRES EN TÊTE-À-TÊTE.
ILS ***SAVENT***, N'EST-CE PAS?
OUI, ILS SAVENT. COMME LES TIENS SAVENT.

EN ME RAPPROCHANT PHYSIQUEMENT DE TOI, JE RESSENS DES ÉMOTIONS HUMAINES.
JE SUIS ATTIRÉ PAR TOI POUR D'AUTRES RAISONS QUE LA CURIOSITÉ OU LE PLAISIR.
LES HUMAINS ONT UNE EXPRESSION...
VOUS PARLEZ D'ÂME...
JE SUIS ATTIRÉE PAR TON ÂME.
JE RESSENS AUSSI QUELQUE CHOSE QUE JE N'AVAIS PLUS SENTI DEPUIS LONGTEMPS.
TU PARLES D'AMOUR, N'EST-CE PAS ?
JE... OUI... JE PARLE D'AMOUR.
NOUS SOMMES SI DIFFÉRENTS ET POURTANT NOUS SOMMES SI PROCHES.
DE MOINS EN MOINS DIFFÉRENTS, DANKO. MON CORPS CHANGE À TON CONTACT. IL RESSENT DU PLAISIR.

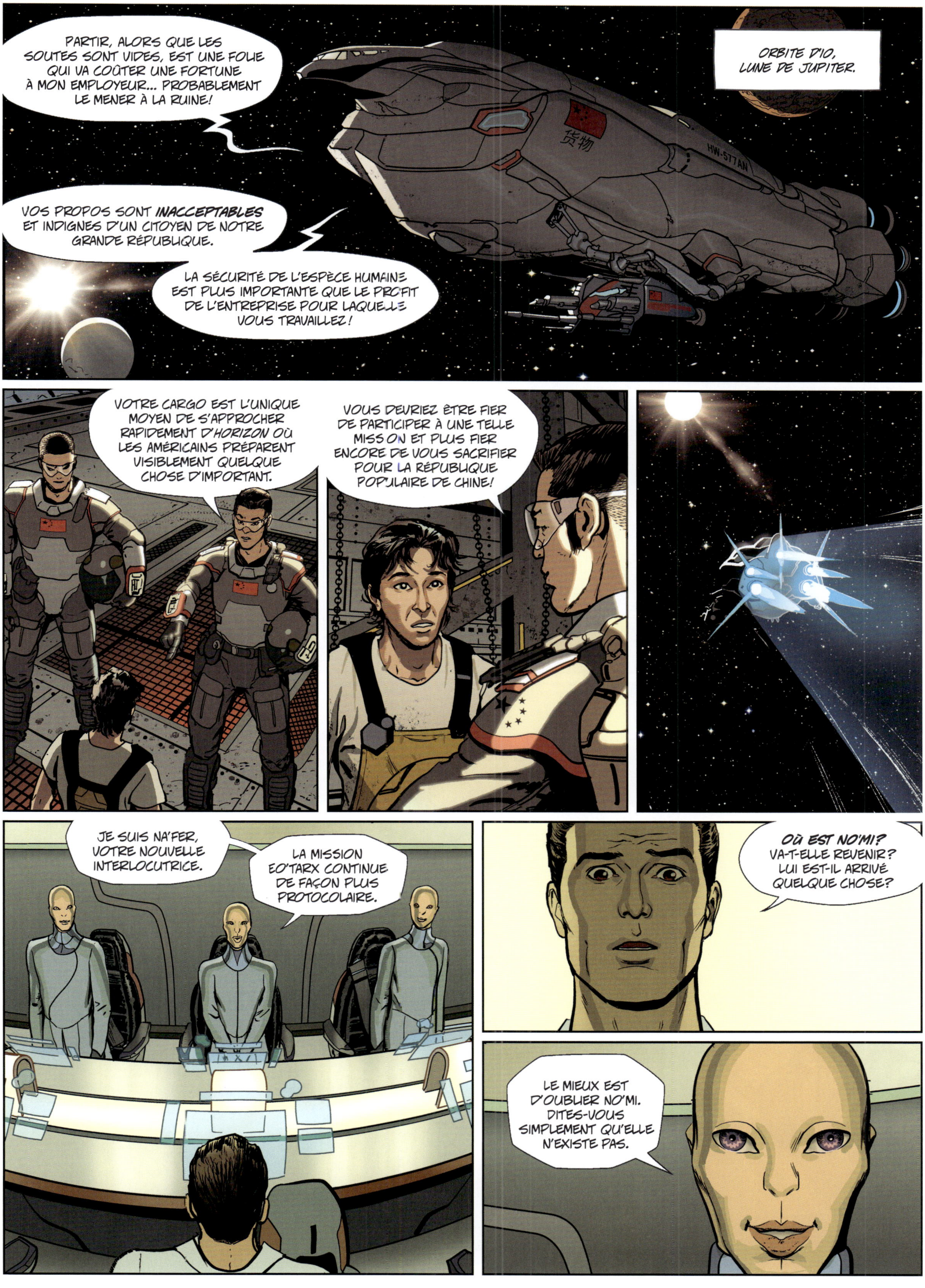
PARTIR, ALORS QUE LES SOUTES SONT VIDES, EST UNE FOLIE QUI VA COÛTER UNE FORTUNE À MON EMPLOYEUR... PROBABLEMENT LE MENER À LA RUINE!
ORBITE D'IO, LUNE DE JUPITER.
HW-577AN
VOS PROPOS SONT **INACCEPTABLES** ET INDIGNES D'UN CITOYEN DE NOTRE GRANDE RÉPUBLIQUE.
LA SÉCURITÉ DE L'ESPÈCE HUMAINE EST PLUS IMPORTANTE QUE LE PROFIT DE L'ENTREPRISE POUR LAQUELLE VOUS TRAVAILLEZ!
VOTRE CARGO EST L'UNIQUE MOYEN DE S'APPROCHER RAPIDEMENT D'*HORIZON* OÙ LES AMÉRICAINS PRÉPARENT VISIBLEMENT QUELQUE CHOSE D'IMPORTANT.
VOUS DEVRIEZ ÊTRE FIER DE PARTICIPER À UNE TELLE MISSION ET PLUS FIER ENCORE DE VOUS SACRIFIER POUR LA RÉPUBLIQUE POPULAIRE DE CHINE!
JE SUIS NA'FER, VOTRE NOUVELLE INTERLOCUTRICE.
LA MISSION EO'TARX CONTINUE DE FAÇON PLUS PROTOCOLAIRE.
OÙ EST NO'MI? VA-T-ELLE REVENIR? LUI EST-IL ARRIVÉ QUELQUE CHOSE?
LE MIEUX EST D'OUBLIER NO'MI. DITES-VOUS SIMPLEMENT QU'ELLE N'EXISTE PAS.

IL FAUT EXIGER DES EXPLICATIONS SUR LA DISPARITION DE NO'MI! PEUT-ÊTRE EST-ELLE MENACÉE? JE VEUX SAVOIR!
DU CALME, ORTON !
NOTRE MISSION EST DIPLOMATIQUE AVANT TOUT. JE PEUX COMPRENDRE VOTRE DÉSARROI, MAIS JE NE PEUX RIEN FAIRE.
VOUS N'ÊTES PLUS APTE À POURSUIVRE VOTRE MISSION, DANKO.
JE VOUS RELÈVE DE VOS FONCTIONS. VOUS CONSULTEREZ HOLLIE POUR FAIRE UN BILAN DE VOTRE ÉTAT MENTAL ET LE DEUIL DE CETTE RELATION... CONTRE-NATURE.
QUI VOILÀ...?
HEY, DON JUAN, TU COMPTES PRÉSENTER TA PETITE FEMME VERTE À TES PARENTS ?
TOUTE MA VIE, J'AI ÉVITÉ LES MERDES COMME TOI.
J'AI EU TORT...
QUE FAITES-VOUS?! ARRÊTEZ ÇA TOUT DE SUITE!
ARRÊTEZ!
CRASH

AHHHH!!
CAMPBELL! LE TROU EST TROP GRAND. JE NE VAIS PAS Y ARRIVER.
ACTIVE LA PORTE!
JE... JE NE VAIS PAS TENIR...
EMERGENCY
PORTE ACTIVÉE. TENEZ BON!

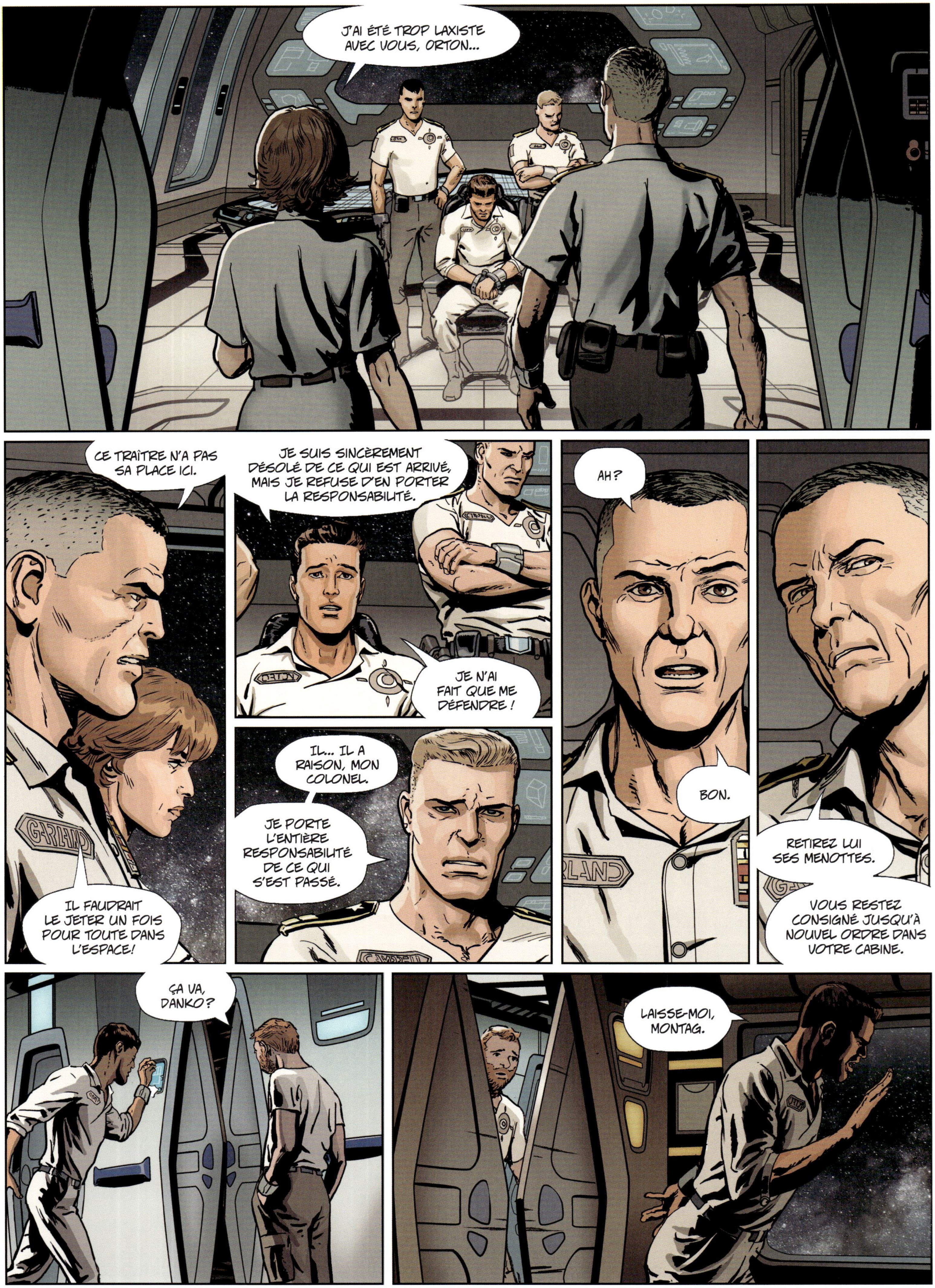
J'AI ÉTÉ TROP LAXISTE AVEC VOUS, ORTON...
CE TRAÎTRE N'A PAS SA PLACE ICI.
IL FAUDRAIT LE JETER UN FOIS POUR TOUTE DANS L'ESPACE!
JE SUIS SINCÈREMENT DÉSOLÉ DE CE QUI EST ARRIVÉ, MAIS JE REFUSE D'EN PORTER LA RESPONSABILITÉ.
JE N'AI FAIT QUE ME DÉFENDRE !
IL... IL A RAISON, MON COLONEL.
JE PORTE L'ENTIÈRE RESPONSABILITÉ DE CE QUI S'EST PASSÉ.
AH ?
BON.
RETIREZ LUI SES MENOTTES.
VOUS RESTEZ CONSIGNÉ JUSQU'À NOUVEL ORDRE DANS VOTRE CABINE.
ÇA VA, DANKO ?
LAISSE-MOI, MONTAG.

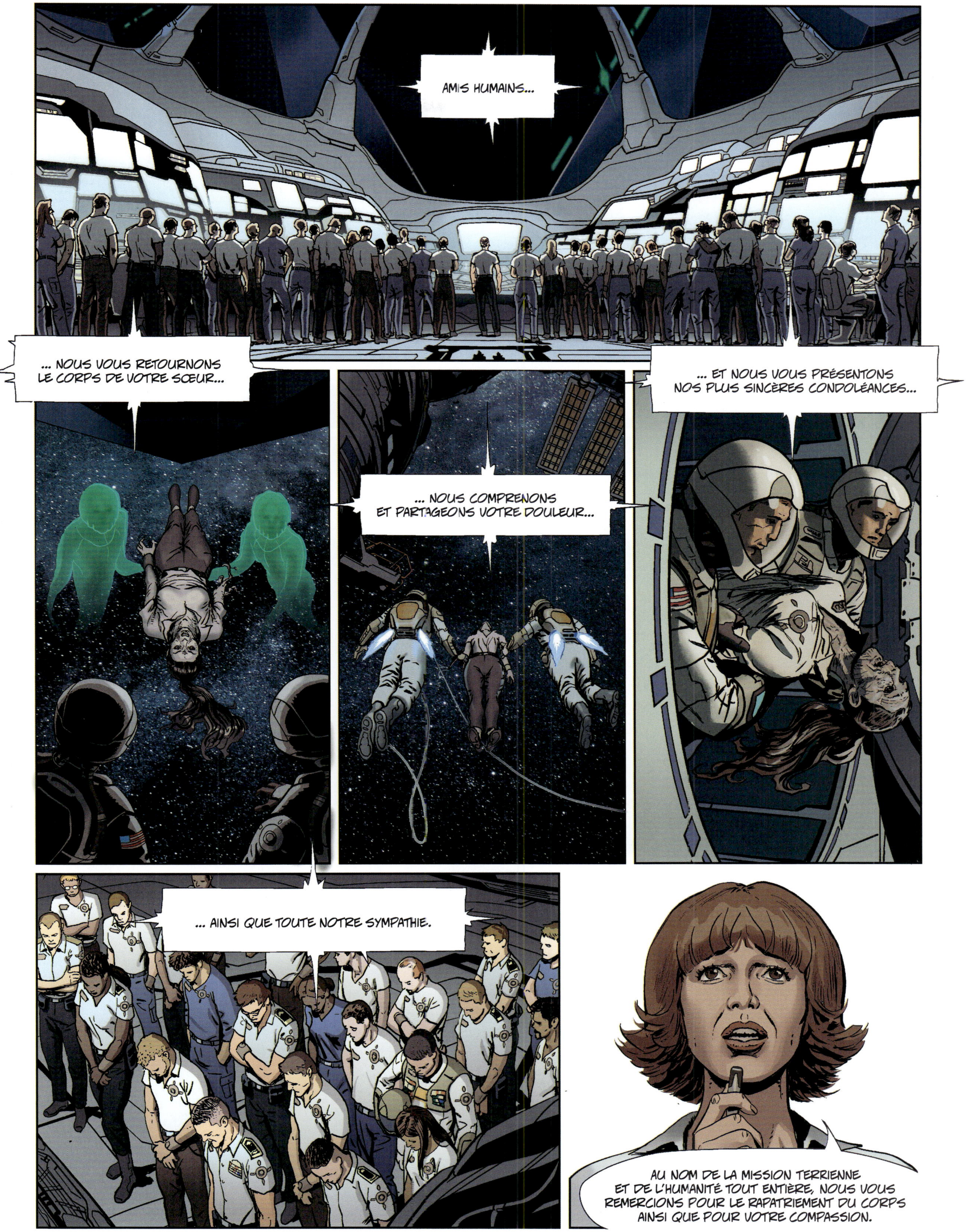
AMIS HUMAINS...
... NOUS VOUS RETOURNONS LE CORPS DE VOTRE SŒUR...
... NOUS COMPRENONS ET PARTAGEONS VOTRE DOULEUR...
... ET NOUS VOUS PRÉSENTONS NOS PLUS SINCÈRES CONDOLÉANCES...
... AINSI QUE TOUTE NOTRE SYMPATHIE.
AU NOM DE LA MISSION TERRIENNE ET DE L'HUMANITÉ TOUT ENTIÈRE, NOUS VOUS REMERCIONS POUR LE RAPATRIEMENT DU CORPS AINSI QUE POUR VOTRE COMPASSION.

CE SERAIT TRÈS SURPRENANT...
EST-ON SÛR QU'IL NE S'AGIT PAS D'UNE ERREUR DANS NOS SYSTÈMES DE TRAÇAGE?
NON, IL N'Y A AUCUN DOUTE.
IL N'EST PAS CENSÉ PASSER PAR LÀ. C'EST CONTRAIRE À SON PLAN DE VOL...
... AINSI QU'AUX LOIS SPATIALES.
JE PRÉVIENS WASHINGTON.
QUE SE PASSE-T-IL?
VISITEURS EN APPROCHE... ET PAS DU FIN FOND DE L'ESPACE CETTE FOIS.
UN CARGO CHINOIS, LE *TIANKONG DE TIĀNMÌ*, FAIT ROUTE VERS *HORIZON*. IL SERA LÀ DANS QUELQUES SEMAINES TERRESTRES.
C'EST... C'EST ABSURDE ET... ET INTOLÉRABLE. CELA MET NOTRE MISSION EN PÉRIL.
IL FAUT FAIRE QUELQUE CHOSE, LES EMPÊCHER D'APPROCHER.
WASHINGTON A DÉJÀ PROTESTÉ PAR LES CANAUX OFFICIELS.
LES CHINOIS SE SONT EXCUSÉS POUR LEUR «ERREUR», MAIS NE PEUVENT PAS CHANGER DE CAP AVANT D'ÊTRE CAPTÉS PAR L'ORBITE TERRESTRE.
DANS CE CAS, UNE SEULE SOLUTION : CONCLURE NOTRE ACCORD AVEC LES EO'TARX AVANT L'ARRIVÉE DES CHINOIS.

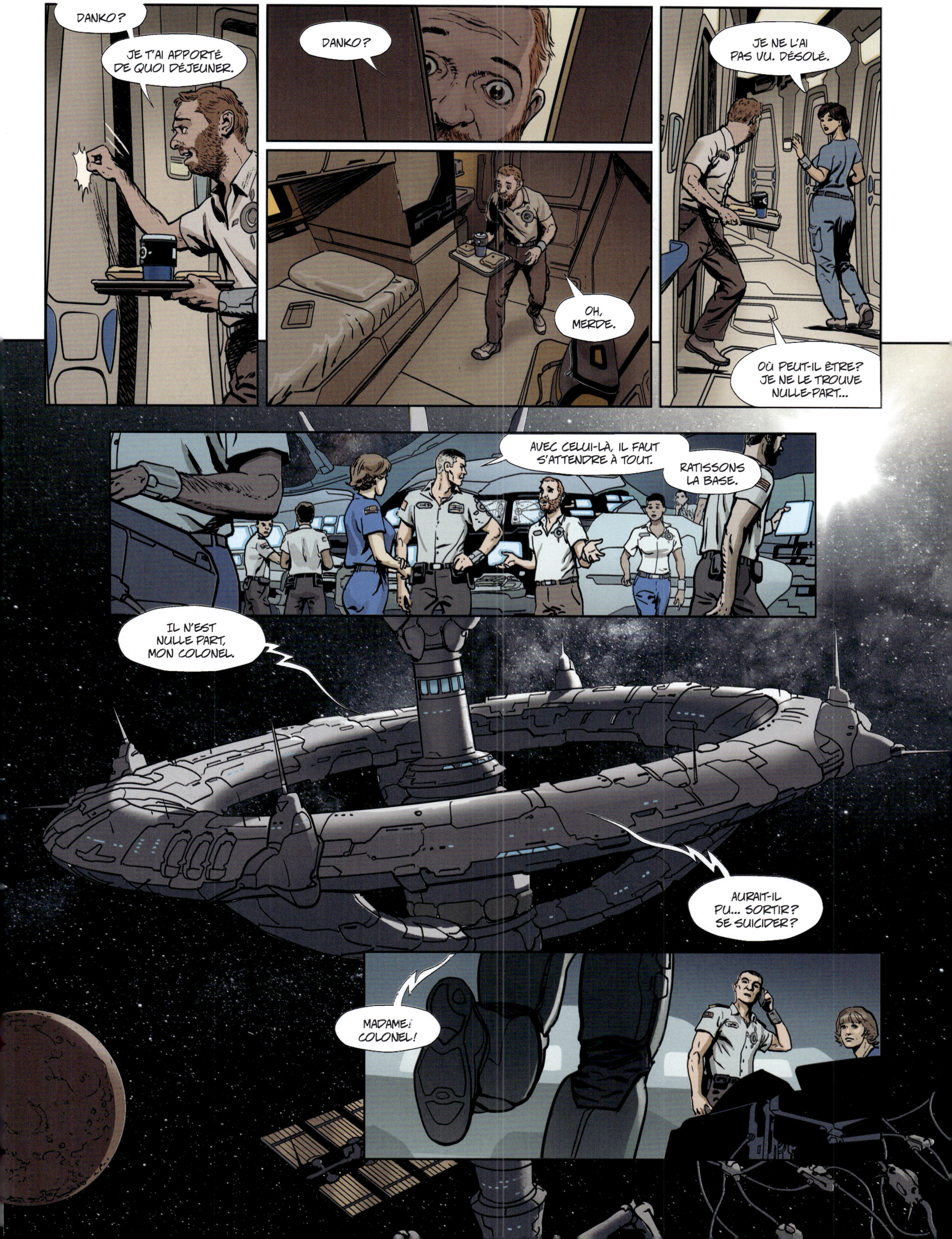
DANKO?
JE T'AI APPORTÉ DE QUOI DÉJEUNER.
DANKO?
OH, MERDE.
JE NE L'AI PAS VU. DÉSOLÉ.
OÙ PEUT-IL ÊTRE? JE NE LE TROUVE NULLE-PART...
AVEC CELUI-LÀ, IL FAUT S'ATTENDRE À TOUT.
RATISSONS LA BASE.
IL N'EST NULLE PART, MON COLONEL.
AURAIT-IL PU... SORTIR? SE SUICIDER?
MADAME! COLONEL!

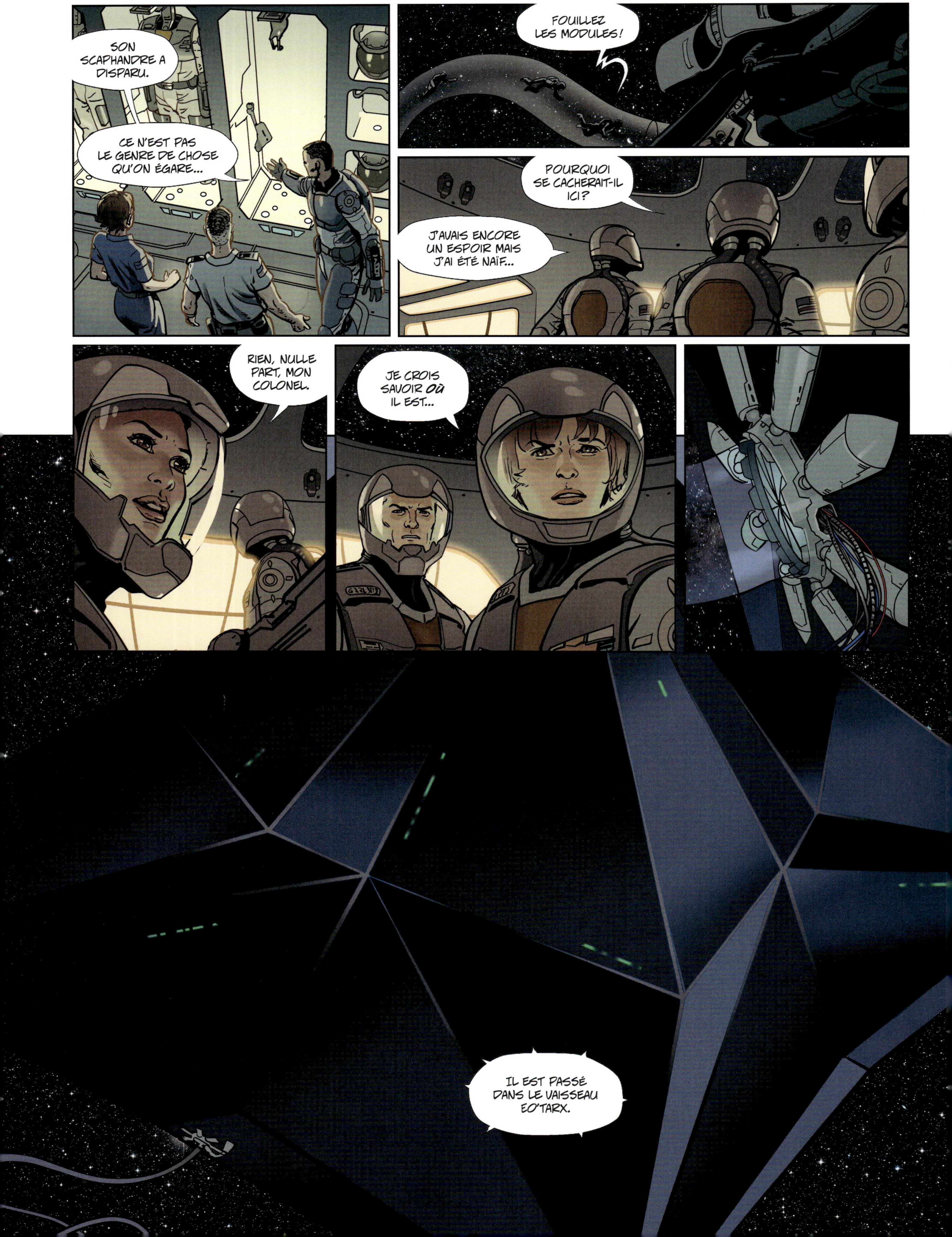
SON SCAPHANDRE A DISPARU.
CE N'EST PAS LE GENRE DE CHOSE QU'ON ÉGARE...
FOUILLEZ LES MODULES !
POURQUOI SE CACHERAIT-IL ICI ?
J'AVAIS ENCORE UN ESPOIR MAIS J'AI ÉTÉ NAÏF...
RIEN, NULLE PART, MON COLONEL.
JE CROIS SAVOIR **OÙ** IL EST...
IL EST PASSÉ DANS LE VAISSEAU EO'TARX.

QUELQUES INSTANTS PLUS TÔT.
ÇA VA, DANKO ?
LAISSE-MOI, MONTAG.
TOUT LE MONDE DOIT DORMIR.
OKAY, LA VOIE EST LIBRE.

LA COMPRESSION DES DONNÉES EST TERMINÉE. JE LA TRANSFÈRE SUR LE SERVEUR.
TRÈS BIEN.
ELLES SERONT DISPONIBLES POUR TRANSFERT VERS LA TERRE DANS DIX-SEPT MINUTES, QUARANTE QUATRE SECONDES.
POURVU QU'ILS N'AIENT PAS BLOQUÉ MA CARTE.
PARFAIT.
MMMMMMMMMMM
MMMMMMMMMMM
OXYGÈNE À 20,95%...
20.95
EST-CE QUE JE NE SERAIS PAS EN TRAIN DE FAIRE LA PLUS GROSSE CONNERIE DE MA VIE, MOI?

DE TOUTE FAÇON, IL EST TROP TARD POUR FAIRE DEMI-TOUR...
PROPULSION
COURAGE...
EST-CE QU'ILS VONT OUVRIR ?
OUVREZ !

QUE...? QU'EST-CE QUE C'EST QUE CETTE ODEUR?!
ÇA SENT LE... LA POURRITURE!
LES MODULES ONT ÉTÉ CONÇUS POUR ÊTRE UN TERRAIN NEUTRE ENTRE LES DEUX RACES, EMPRUNTANT AUX DEUX CULTURES.
RIEN QUI RESSEMBLE À ÇA, ICI...
COMMENT LES EO'TARX PASSENT-ILS PAR DE TELS COULOIRS?
ILS SONT PROBABLEMENT COMME LES HUMAINS À CETTE HEURE, EN PÉRIODE DE REPOS.
ENFIN, DE LA LUMIÈRE...

IL Y A QUELQU'UN?
LES ANIMAUX QU'ON LEUR A OFFERTS...
HELLO?
QUELLE HORREUR!
CE N'EST PROBABLEMENT PAS MIEUX DANS UN LABORATOIRE TERRIEN.
NO'MI. JE SUIS LÀ POUR NO'MI. RIEN D'AUTRE.
TIC TIC TIC

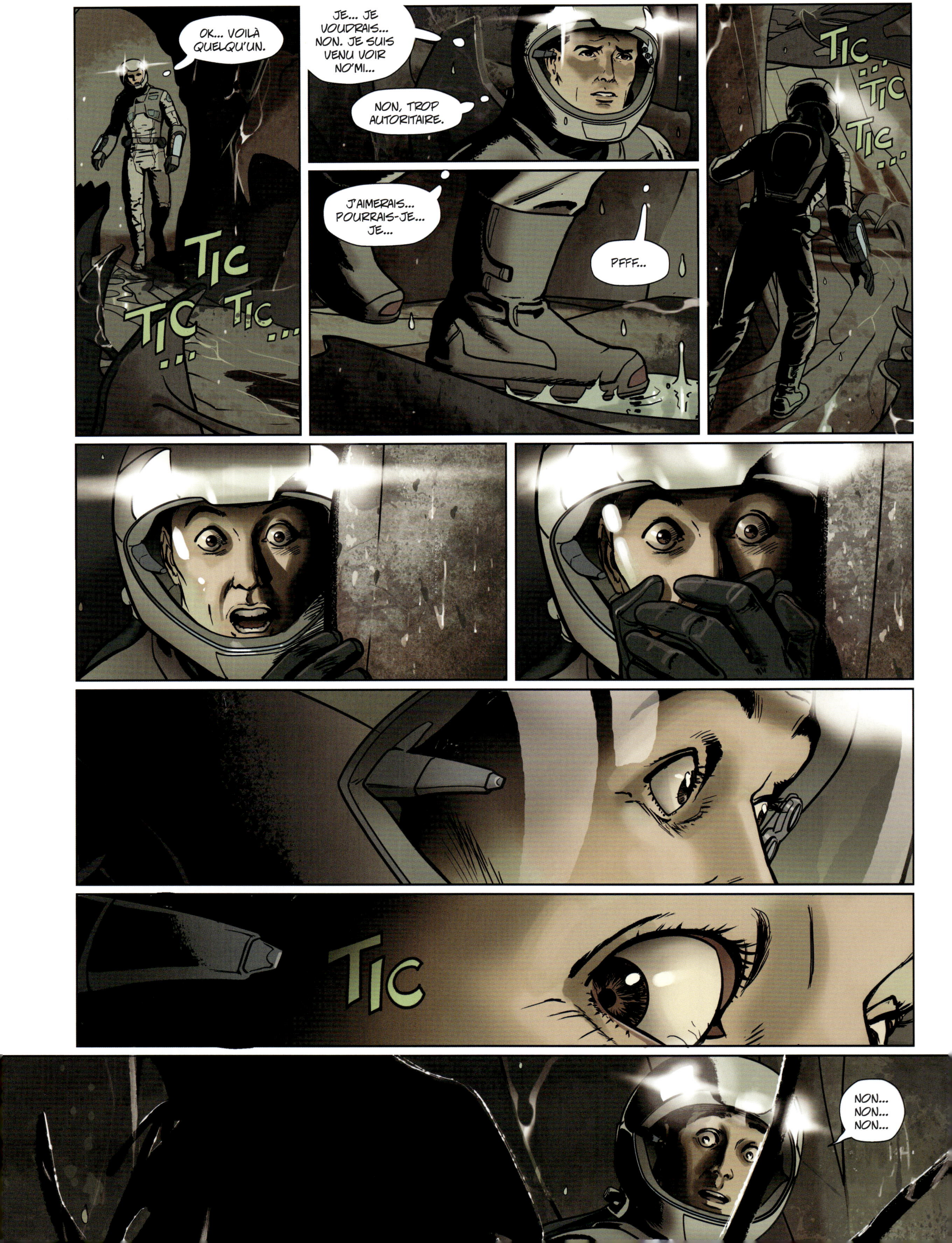
OK... VOILÀ QUELQU'UN.
TIC
TIC ...
TIC...
JE... JE VOUDRAIS... NON. JE SUIS VENU VOIR NO'MI...
NON, TROP AUTORITAIRE.
J'AIMERAIS... POURRAIS-JE... JE...
PFFF...
TIC...
TIC
TIC...
TIC
NON... NON... NON...

QU'EST-CE QUE C'EST QUE CETTE CHOSE ?!
RTON
COINCÉ!
JE SUIS FOUTU!

NON!
NON!
PAS CRAINTE. PAS FAIRE MAL. TOI, BIENVENU.
LAISSEZ-MOI!
QU'EST-CE QUE VOUS ME VOULEZ? QU'ALLEZ-VOUS ME FAIRE?!
CALMEZ. JE GENTIL.
ÉLOIGNEZ-VOUS!
DANKO, ACCEPTEZ MES EXCUSES. NOUS N'AVONS NULLEMENT L'INTENTION DE VOUS TERRIFIER.

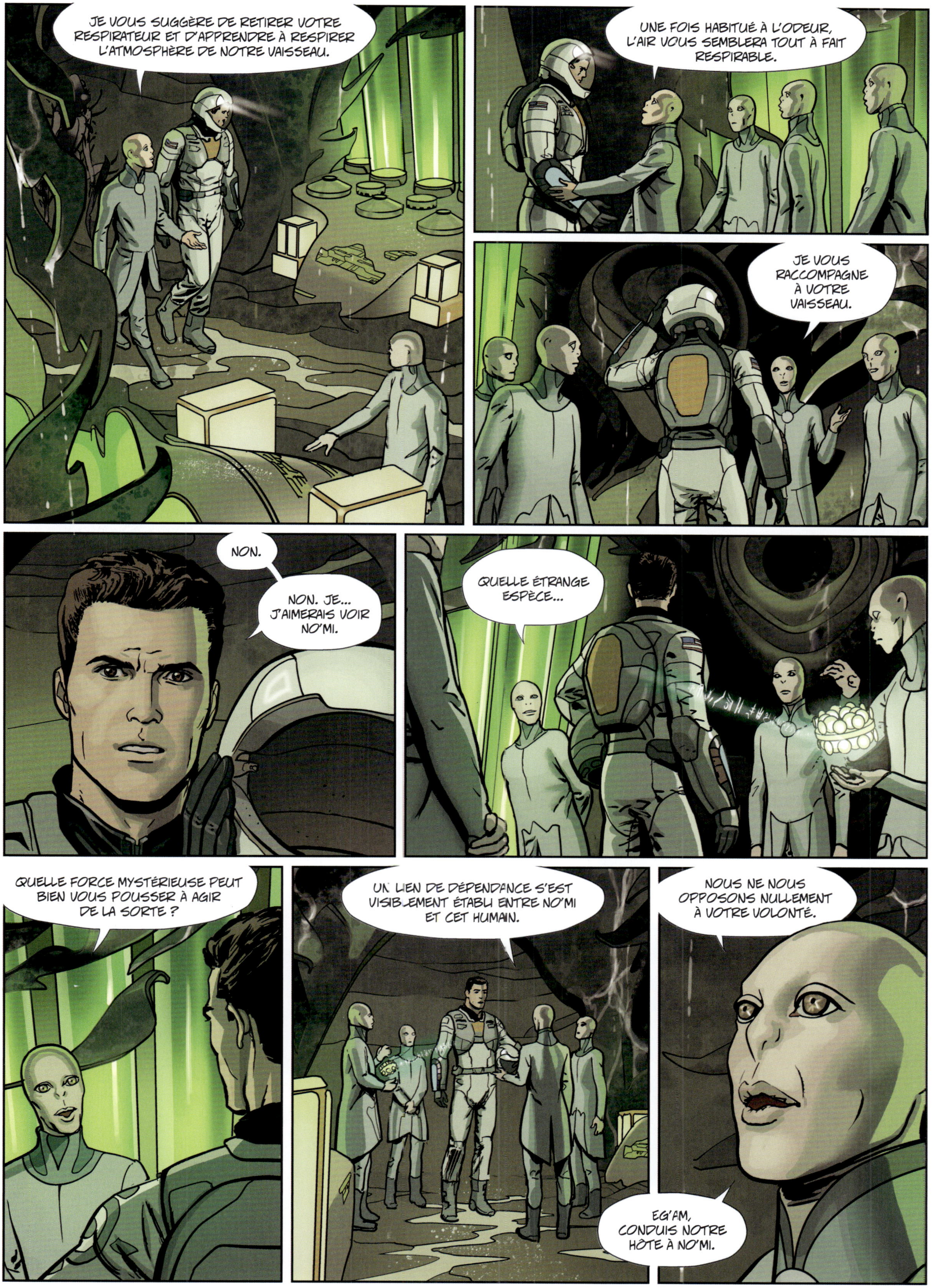
JE VOUS SUGGÈRE DE RETIRER VOTRE RESPIRATEUR ET D'APPRENDRE À RESPIRER L'ATMOSPHÈRE DE NOTRE VAISSEAU.
UNE FOIS HABITUÉ À L'ODEUR, L'AIR VOUS SEMBLERA TOUT À FAIT RESPIRABLE.
JE VOUS RACCOMPAGNE À VOTRE VAISSEAU.
NON.
NON. JE... J'AIMERAIS VOIR NO'MI.
QUELLE ÉTRANGE ESPÈCE...
QUELLE FORCE MYSTÉRIEUSE PEUT BIEN VOUS POUSSER À AGIR DE LA SORTE ?
UN LIEN DE DÉPENDANCE S'EST VISIBLEMENT ÉTABLI ENTRE NO'MI ET CET HUMAIN.
NOUS NE NOUS OPPOSONS NULLEMENT À VOTRE VOLONTÉ.
EG'AM, CONDUIS NOTRE HÔTE À NO'MI.

DANKO?
NO'MI!
COMMENT ES-TU ARRIVÉ ICI? QUE FAIS- TU LÀ?
J'ÉTAIS TERRIBLEMENT INQUIET.
JE VEUX QUE NOUS... QUE NOUS SOYONS ENSEMBLE... TOUT LE TEMPS.
TU M'AIMES, C'EST CELA?
O... OUI.
MOI AUSSI, JE T'AIME. MAIS ALORS... SI NOUS VOULONS NOUS AIMER, IL FAUT PARTIR.
POUR ALLER OÙ? TE RAPPELLES-TU OÙ NOUS SOMMES?
JE SAIS OÙ NOUS SOMMES, DANKO. MAIS IL Y A UN MOYEN DE PARTIR.

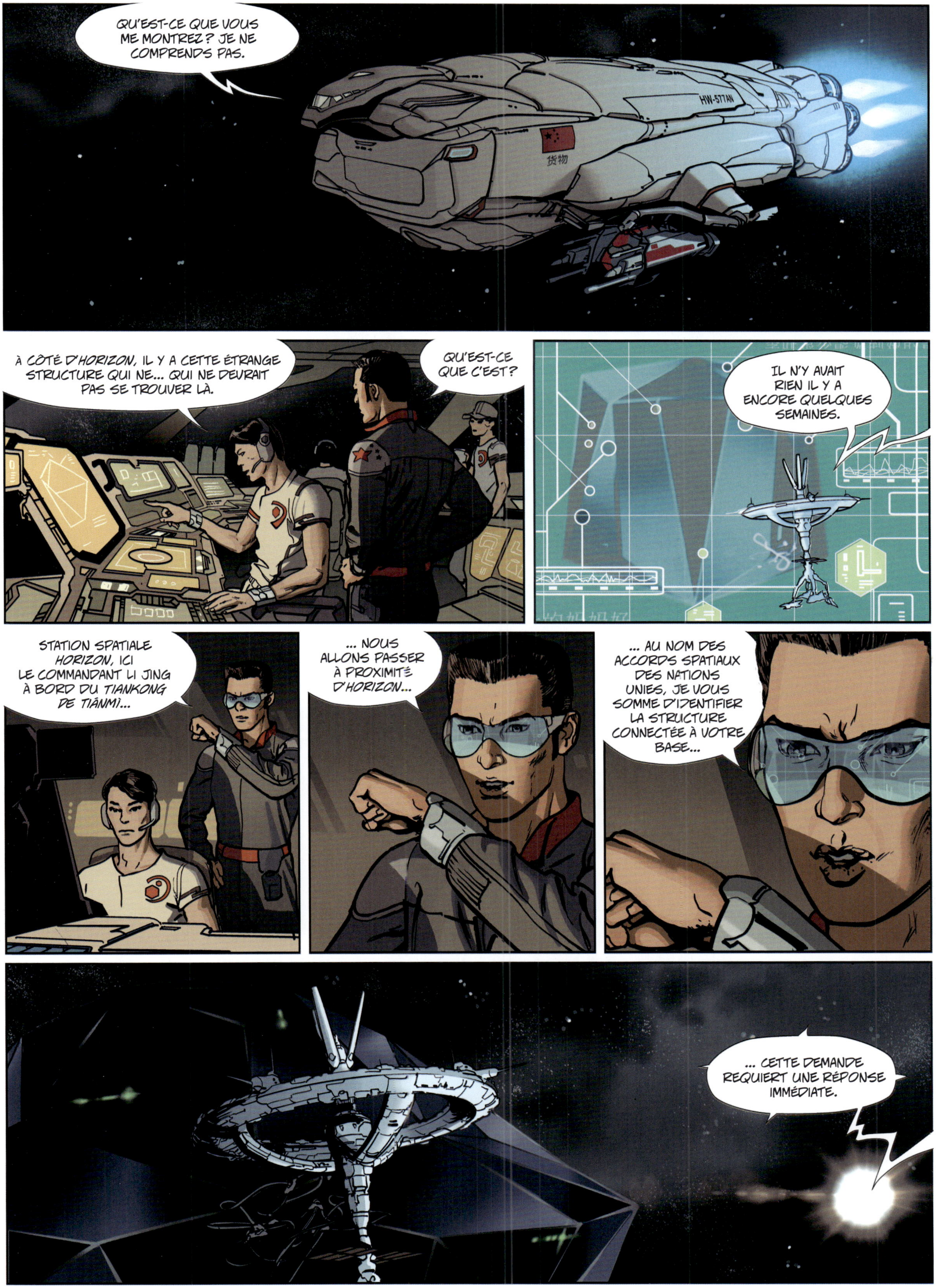
QU'EST-CE QUE VOUS ME MONTREZ ? JE NE COMPRENDS PAS.
HW-577AN
货物
À CÔTÉ D'*HORIZON*, IL Y A CETTE ÉTRANGE STRUCTURE QUI NE... QUI NE DEVRAIT PAS SE TROUVER LÀ.
QU'EST-CE QUE C'EST ?
IL N'Y AVAIT RIEN IL Y A ENCORE QUELQUES SEMAINES.
STATION SPATIALE *HORIZON*, ICI LE COMMANDANT LI JING À BORD DU *TIANKONG* DE *TIANMI*...
... NOUS ALLONS PASSER À PROXIMITÉ D'*HORIZON*...
... AU NOM DES ACCORDS SPATIAUX DES NATIONS UNIES, JE VOUS SOMME D'IDENTIFIER LA STRUCTURE CONNECTÉE À VOTRE BASE...
... CETTE DEMANDE REQUIERT UNE RÉPONSE IMMÉDIATE.

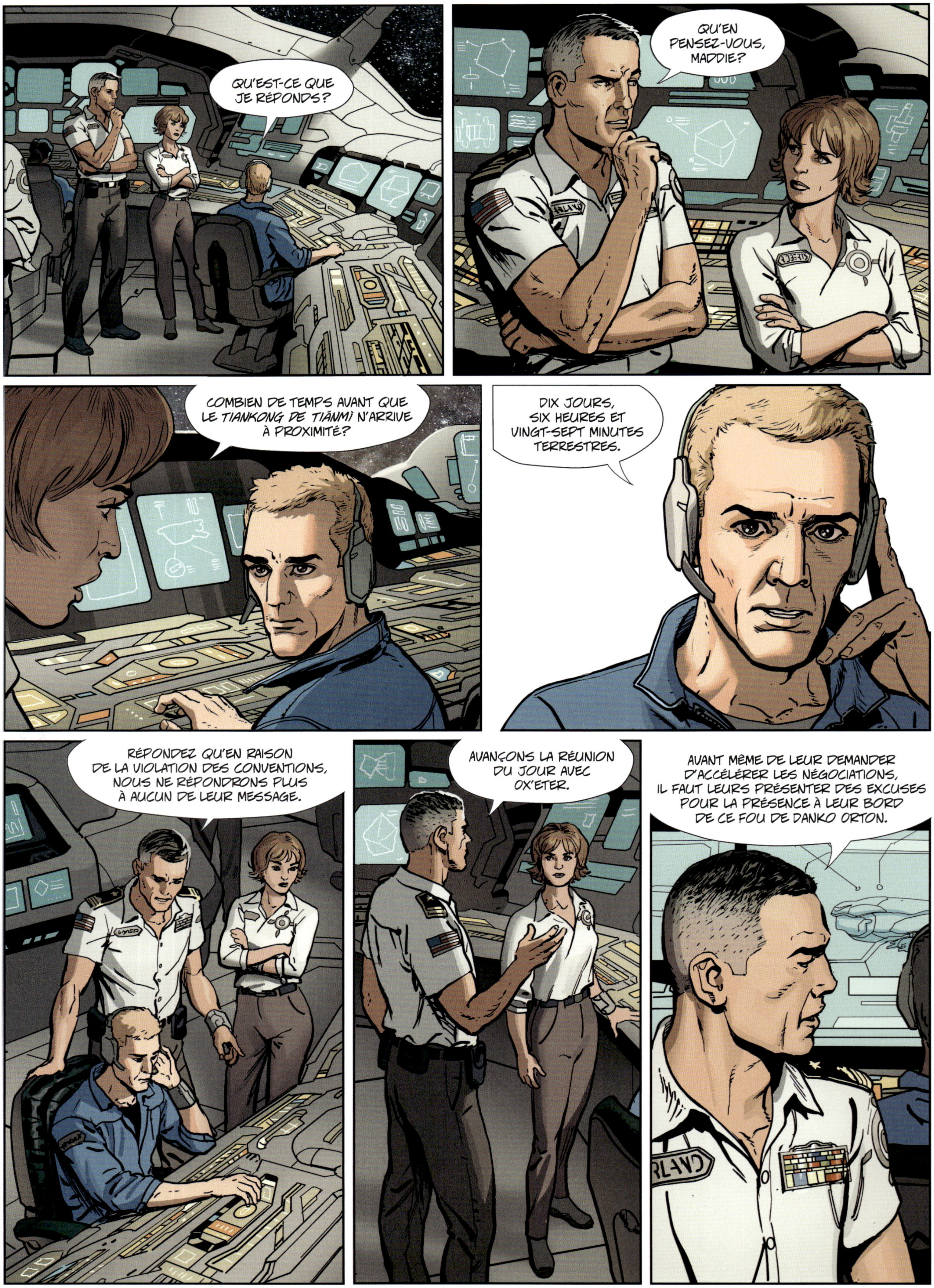
QU'EST-CE QUE JE RÉPONDS?
QU'EN PENSEZ-VOUS, MADDIE?
COMBIEN DE TEMPS AVANT QUE LE *TIANKONG* DE *TIĀNMÌ* N'ARRIVE À PROXIMITÉ?
DIX JOURS, SIX HEURES ET VINGT-SEPT MINUTES TERRESTRES.
RÉPONDEZ QU'EN RAISON DE LA VIOLATION DES CONVENTIONS, NOUS NE RÉPONDRONS PLUS À AUCUN DE LEUR MESSAGE.
AVANÇONS LA RÉUNION DU JOUR AVEC OX'ETER.
AVANT MÊME DE LEUR DEMANDER D'ACCÉLÉRER LES NÉGOCIATIONS, IL FAUT LEURS PRÉSENTER DES EXCUSES POUR LA PRÉSENCE À LEUR BORD DE CE FOU DE DANKO ORTON.

J'AI BEAUCOUP DE CHOSES À TE DIRE, DANKO. CERTAINES VONT PROFONDÉMENT TE DÉPLAIRE...
MAIS IL NOUS FAUT D'ABORD AGIR. ET RAPIDEMENT, CAR L'ENJEU EST TROP IMPORTANT POUR LES EO'TARX.
DE QUEL ENJEU PARLES-TU? OX'ETER M'A PROMIS DE ME LAISSER RETOURNER À BORD D'HORIZON.
IL MENTAIT?
OX'ETER NE MENT JAMAIS. MAIS MAINTENANT QU'IL T'A LAISSÉ SEUL AVEC MOI, IL NE PEUT PLUS TE PERMETTRE DE RENTRER...
LE RISQUE EST TROP GRAND.
QUEL RISQUE?
PATIENCE, DANKO.
ILS SONT PARTIS...
QUELLE EST CETTE MYSTÉRIEUSE INFLUENCE QUE CET HUMAIN SEMBLE AVOIR SUR NO'MI?
JE SAIS OÙ ILS VONT...

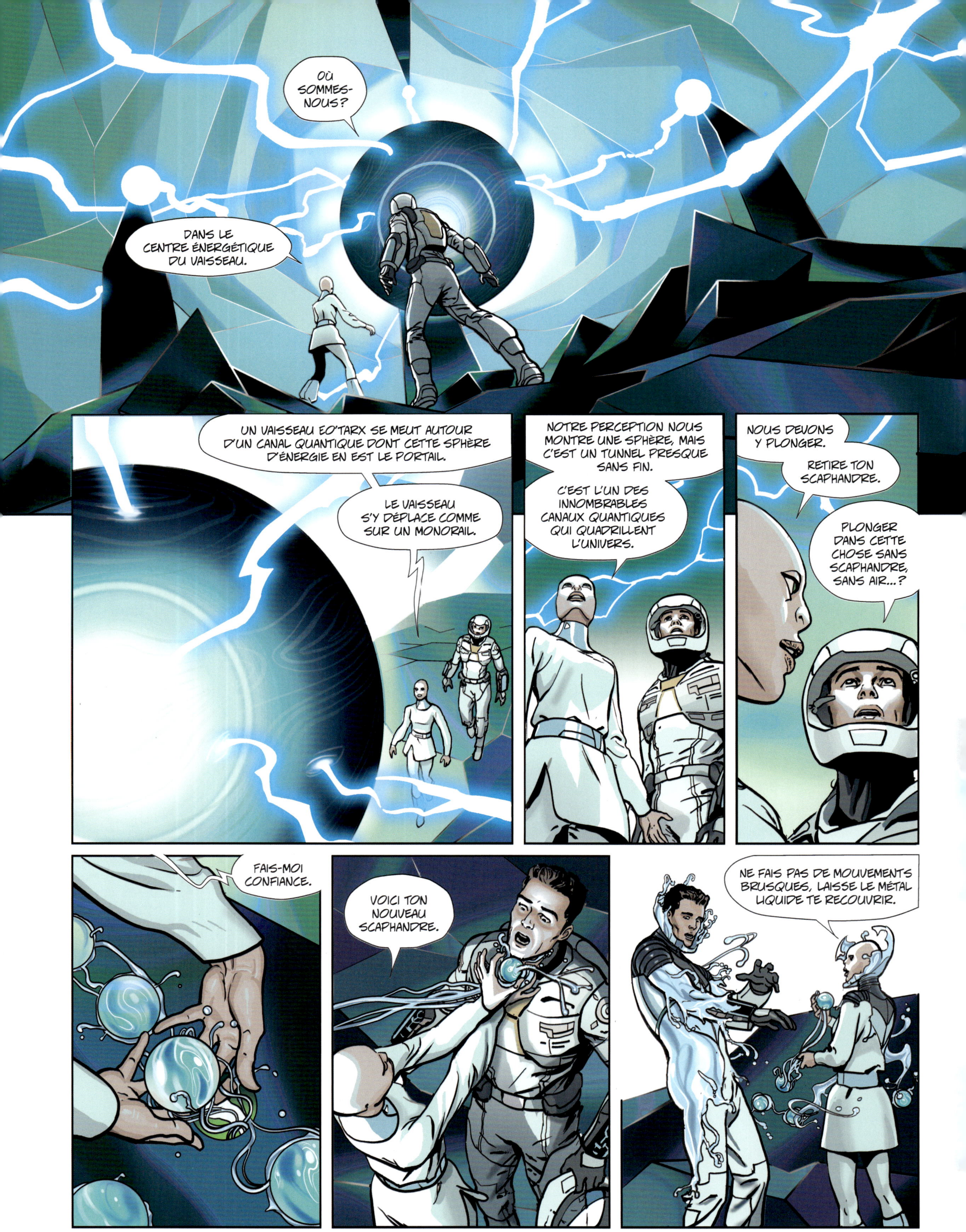

OÙ SOMMES-NOUS?
DANS LE CENTRE ÉNERGÉTIQUE DU VAISSEAU.
UN VAISSEAU EO'TARX SE MEUT AUTOUR D'UN CANAL QUANTIQUE DONT CETTE SPHÈRE D'ÉNERGIE EN EST LE PORTAIL.
LE VAISSEAU S'Y DÉPLACE COMME SUR UN MONORAIL.
NOTRE PERCEPTION NOUS MONTRE UNE SPHÈRE, MAIS C'EST UN TUNNEL PRESQUE SANS FIN.
C'EST L'UN DES INNOMBRABLES CANAUX QUANTIQUES QUI QUADRILLENT L'UNIVERS.
NOUS DEVONS Y PLONGER.
RETIRE TON SCAPHANDRE.
PLONGER DANS CETTE CHOSE SANS SCAPHANDRE, SANS AIR...?
FAIS-MOI CONFIANCE.
VOICI TON NOUVEAU SCAPHANDRE.
NE FAIS PAS DE MOUVEMENTS BRUSQUES, LAISSE LE MÉTAL LIQUIDE TE RECOUVRIR.

C'EST EXTRAORDINAIRE...
SI LE MOT POUR ÇA EST «EXTRAORDINAIRE», TU RISQUES VITE DE MANQUER DE VOCABULAIRE...
RESTE PRÈS DE MOI.
NO'MI ? QUE FAIT-ON ? OÙ... OÙ VA-T-ON ?
CAR NOUS ALLONS BIEN QUELQUE PART, N'EST-CE PAS ?
QUELQUE PART, TRÈS LOIN D'ICI.
TIENS-TOI PRÊT. LE DÉBUT DU VOYAGE EST VIOLENT.
ILS SONT PARTIS.
CE QUI DOIT ARRIVER, ARRIVE.

NO'MI! QUE SE PASSE-T-IL? QUE NOUS ARRIVE-T-IL?
N'AIE PAS PEUR, DANKO. TOUT CE QUI ARRIVE EST NORMAL.
NO... **NORMAL** ?!
ÇA, C'EST NORMAL ?!
CE QUE TU VOIS, DANKO, L'ŒIL HUMAIN N'EST EN GÉNÉRAL PAS CAPABLE DE LE PERCEVOIR.

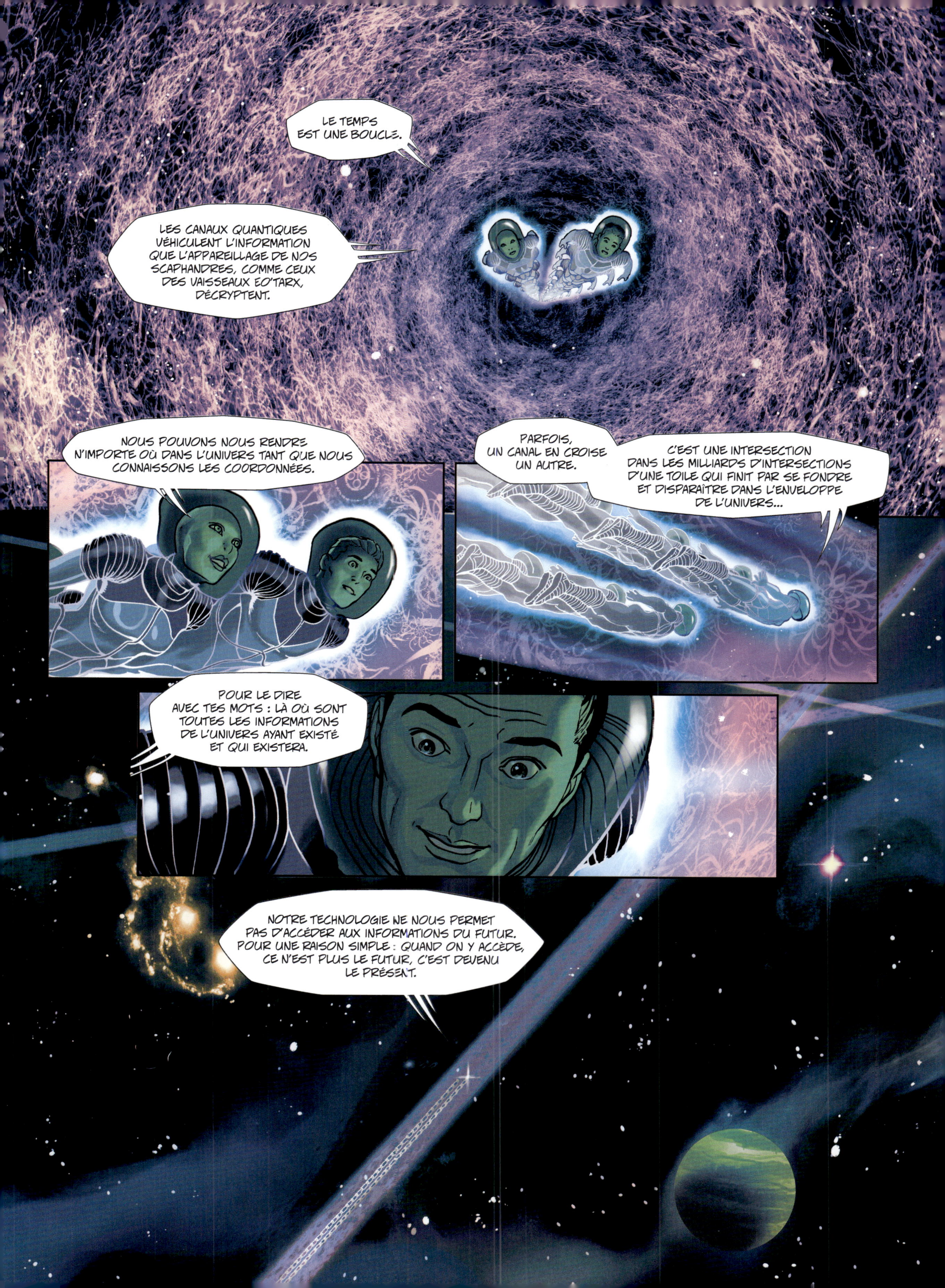
LE TEMPS EST UNE BOUCLE.
LES CANAUX QUANTIQUES VÉHICULENT L'INFORMATION QUE L'APPAREILLAGE DE NOS SCAPHANDRES, COMME CEUX DES VAISSEAUX EO'TARX, DÉCRYPTENT.
NOUS POUVONS NOUS RENDRE N'IMPORTE OÙ DANS L'UNIVERS TANT QUE NOUS CONNAISSONS LES COORDONNÉES.
PARFOIS, UN CANAL EN CROISE UN AUTRE.
C'EST UNE INTERSECTION DANS LES MILLIARDS D'INTERSECTIONS D'UNE TOILE QUI FINIT PAR SE FONDRE ET DISPARAÎTRE DANS L'ENVELOPPE DE L'UNIVERS...
POUR LE DIRE AVEC TES MOTS : LÀ OÙ SONT TOUTES LES INFORMATIONS DE L'UNIVERS AYANT EXISTÉ ET QUI EXISTERA.
NOTRE TECHNOLOGIE NE NOUS PERMET PAS D'ACCÉDER AUX INFORMATIONS DU FUTUR. POUR UNE RAISON SIMPLE : QUAND ON Y ACCÈDE, CE N'EST PLUS LE FUTUR, C'EST DEVENU LE PRÉSENT.

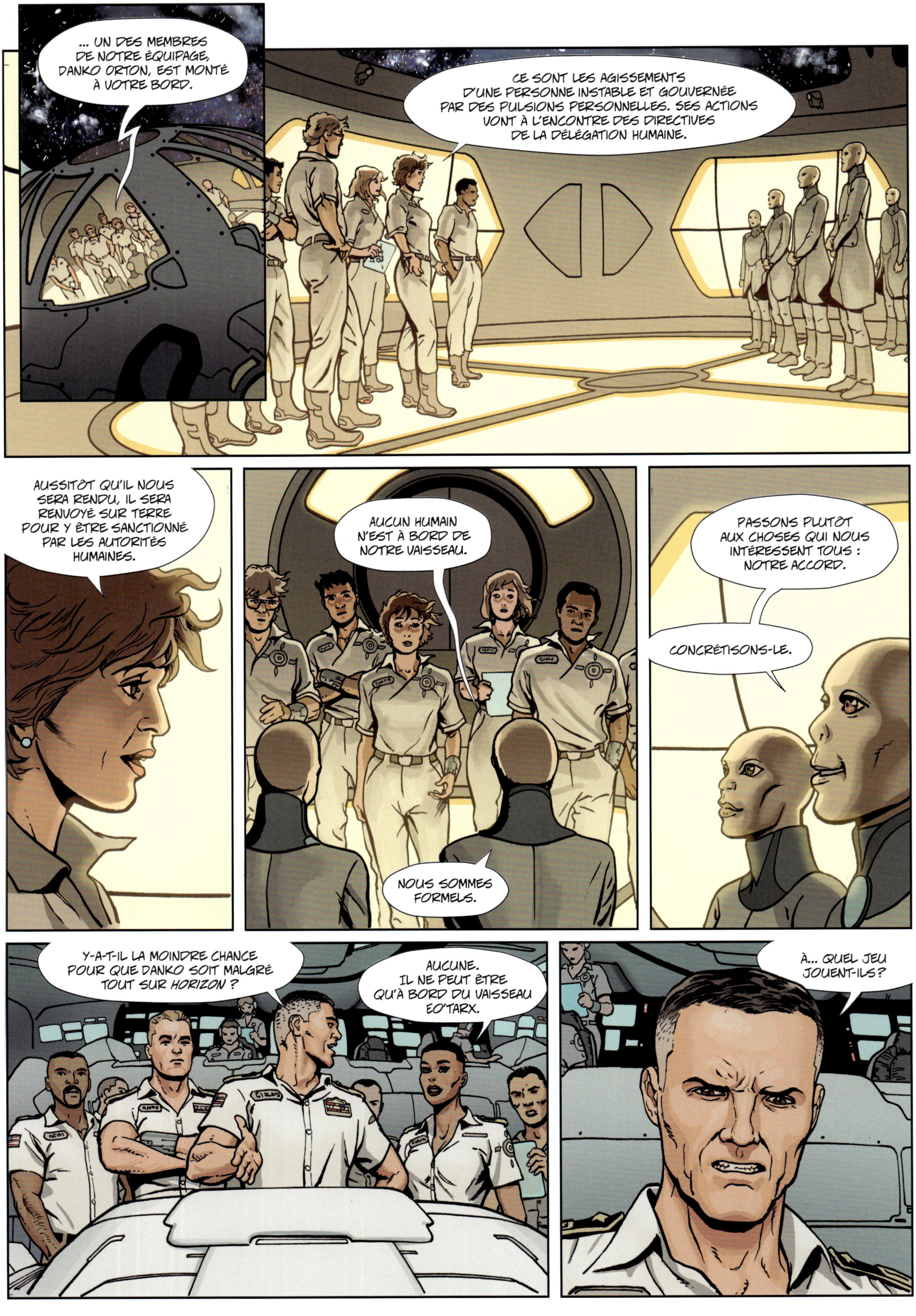
... UN DES MEMBRES DE NOTRE ÉQUIPAGE, DANKO ORTON, EST MONTÉ À VOTRE BORD.
CE SONT LES AGISSEMENTS D'UNE PERSONNE INSTABLE ET GOUVERNÉE PAR DES PULSIONS PERSONNELLES. SES ACTIONS VONT À L'ENCONTRE DES DIRECTIVES DE LA DÉLÉGATION HUMAINE.
AUSSITÔT QU'IL NOUS SERA RENDU, IL SERA RENVOYÉ SUR TERRE POUR Y ÊTRE SANCTIONNÉ PAR LES AUTORITÉS HUMAINES.
AUCUN HUMAIN N'EST À BORD DE NOTRE VAISSEAU.
NOUS SOMMES FORMELS.
PASSONS PLUTÔT AUX CHOSES QUI NOUS INTÉRESSENT TOUS : NOTRE ACCORD.
CONCRÉTISONS-LE.
Y-A-T-IL LA MOINDRE CHANCE POUR QUE DANKO SOIT MALGRÉ TOUT SUR *HORIZON* ?
AUCUNE. IL NE PEUT ÊTRE QU'À BORD DU VAISSEAU EO'TARX.
À... QUEL JEU JOUENT-ILS?

NOUS AVONS LA PREUVE QUE CE QUE NO'MI A DIT À DANKO À PROPOS DE L'HONNÊTETÉ DES EO'TARX ET LEUR IMPOSSIBILITÉ DE MENTIR...
... N'EST QU'UN ODIEUX MENSONGE.
MON COLONEL?
IL FAUT QUE VOUS VOYEZ ÇA...
J'AIMERAIS POURSUIVRE CETTE RÉUNION SEULE AVEC TOI, ELLIS.
POURQUOI NE PAS ÉTEINDRE CES CAMÉRAS?
QU'EST-CE QUE...? QU'EST-CE QUE ÇA VEUT DIRE? ÇA RECOMMENCE?

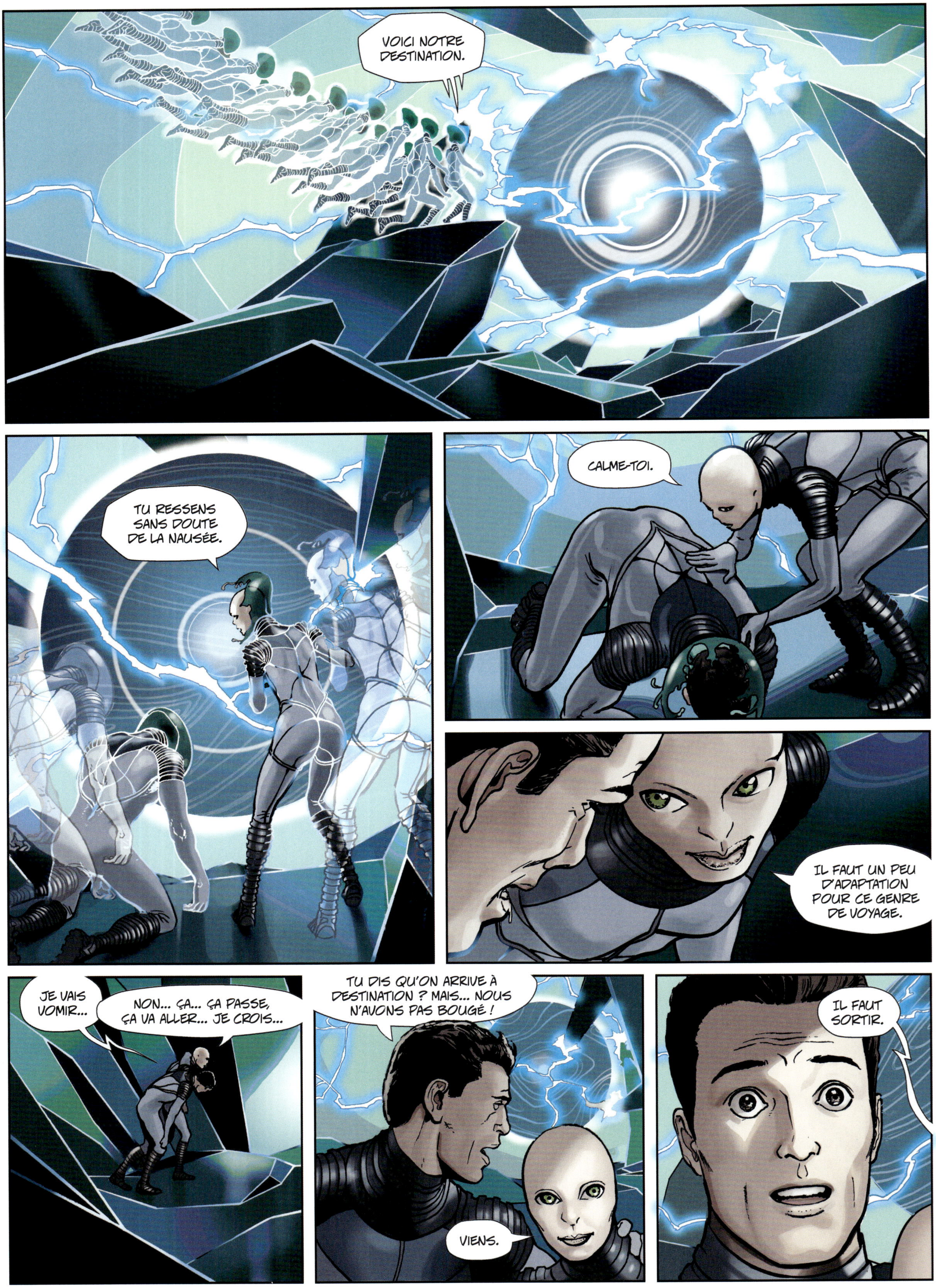
VOICI NOTRE DESTINATION.
TU RESSENS SANS DOUTE DE LA NAUSÉE.
CALME-TOI.
IL FAUT UN PEU D'ADAPTATION POUR CE GENRE DE VOYAGE.
JE VAIS VOMIR...
NON... ÇA... ÇA PASSE, ÇA VA ALLER... JE CROIS...
TU DIS QU'ON ARRIVE À DESTINATION ? MAIS... NOUS N'AVONS PAS BOUGÉ !
VIENS.
IL FAUT SORTIR.

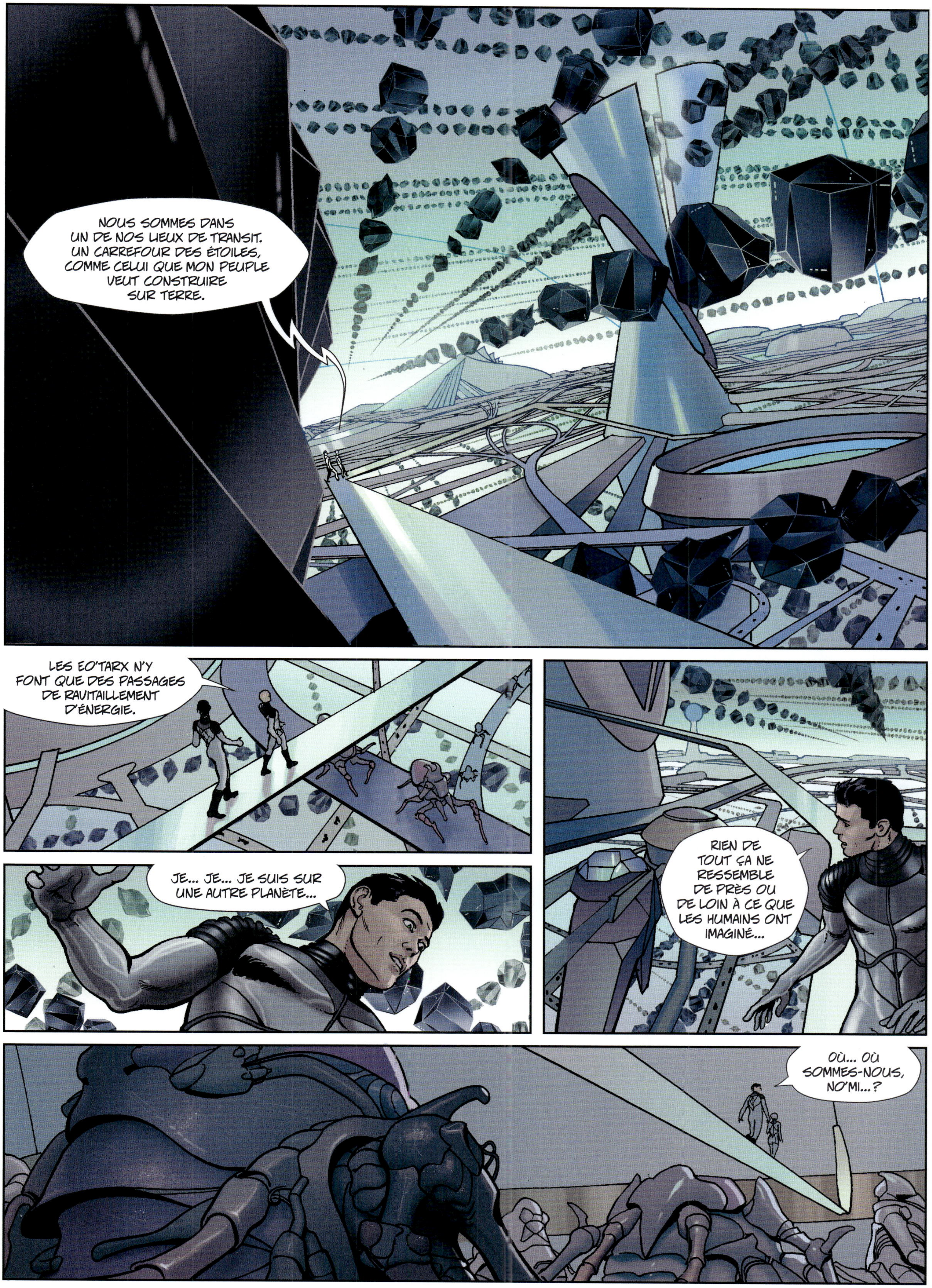
NOUS SOMMES DANS UN DE NOS LIEUX DE TRANSIT. UN CARREFOUR DES ÉTOILES, COMME CELUI QUE MON PEUPLE VEUT CONSTRUIRE SUR TERRE.
LES EO'TARX N'Y FONT QUE DES PASSAGES DE RAVITAILLEMENT D'ÉNERGIE.
JE... JE... JE SUIS SUR UNE AUTRE PLANÈTE...
RIEN DE TOUT ÇA NE RESSEMBLE DE PRÈS OU DE LOIN À CE QUE LES HUMAINS ONT IMAGINÉ...
OÙ... OÙ SOMMES-NOUS, NO'MI...?

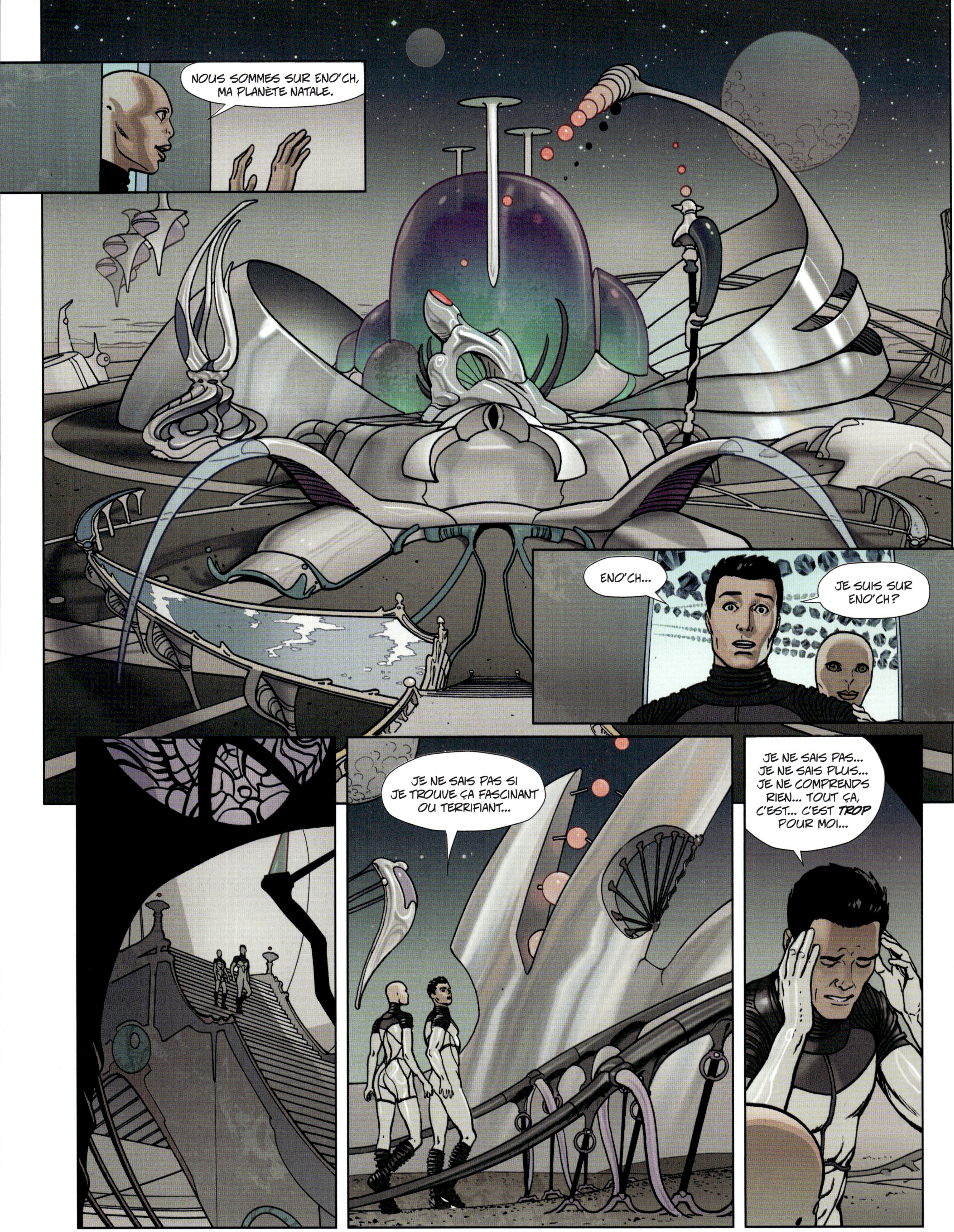
NOUS SOMMES SUR ENO'CH, MA PLANÈTE NATALE.
ENO'CH...
JE SUIS SUR ENO'CH?
JE NE SAIS PAS SI JE TROUVE ÇA FASCINANT OU TERRIFIANT...
JE NE SAIS PAS... JE NE SAIS PLUS... JE NE COMPRENDS RIEN... TOUT ÇA, C'EST... C'EST **TROP** POUR MOI...

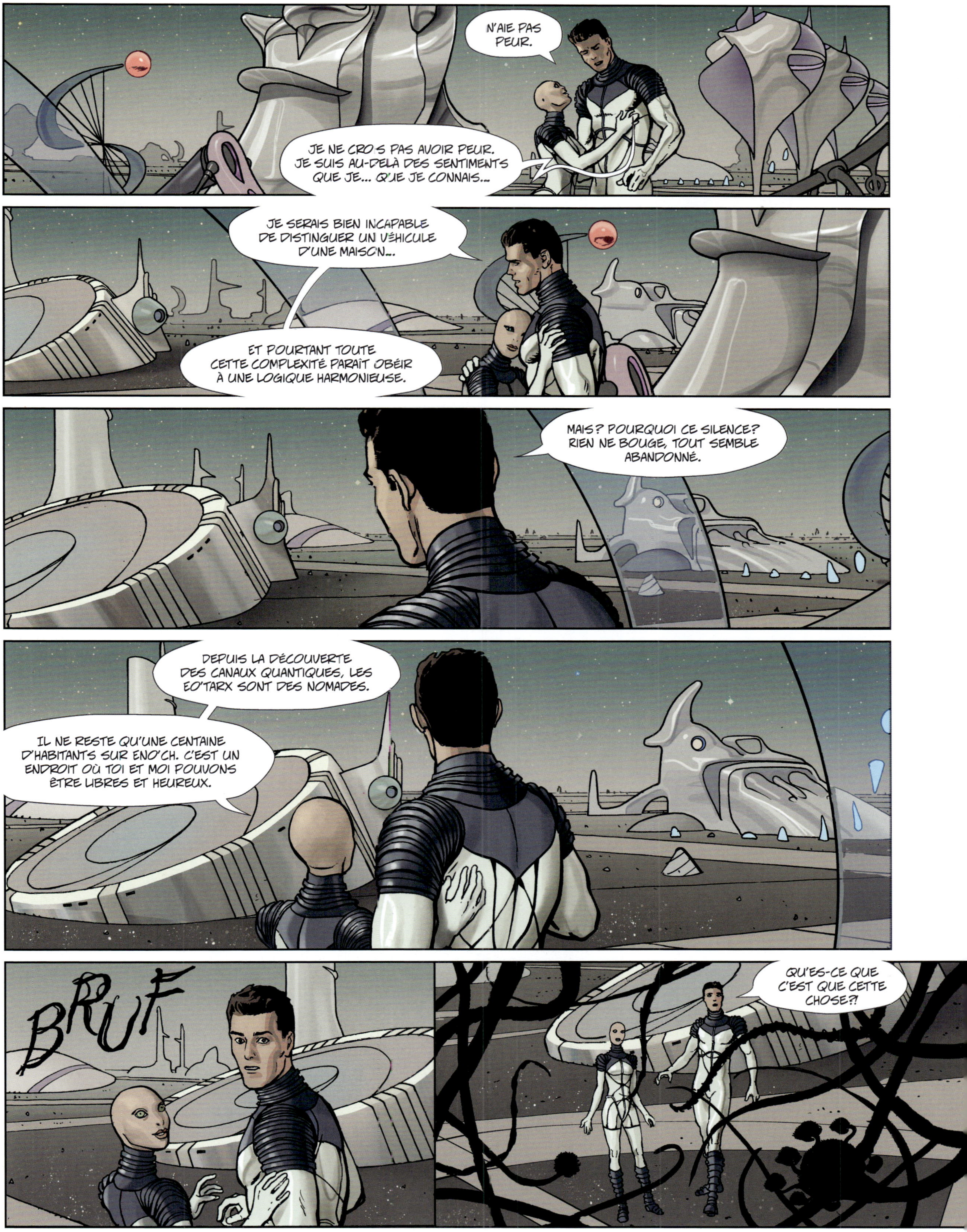
N'AIE PAS PEUR.
JE NE CRO S PAS AVOIR PEUR. JE SUIS AU-DELÀ DES SENTIMENTS QUE JE... QUE JE CONNAIS...
JE SERAIS BIEN INCAPABLE DE DISTINGUER UN VÉHICULE D'UNE MAISON...
ET POURTANT TOUTE CETTE COMPLEXITÉ PARAÎT OBÉIR À UNE LOGIQUE HARMONIEUSE.
MAIS? POURQUOI CE SILENCE? RIEN NE BOUGE, TOUT SEMBLE ABANDONNÉ.
DEPUIS LA DÉCOUVERTE DES CANAUX QUANTIQUES, LES EO'TARX SONT DES NOMADES.
IL NE RESTE QU'UNE CENTAINE D'HABITANTS SUR ENO'CH. C'EST UN ENDROIT OÙ TOI ET MOI POUVONS ÊTRE LIBRES ET HEUREUX.
BRUF
QU'ES-CE QUE C'EST QUE CETTE CHOSE?!

N'AIE CRAINTE, DANKO...
C'EST VO'GT, L'UNIQUE GARDIEN DE CE CARREFOUR DES ÉTOILES.
KKK, KKKK, KK KKKK, KKKKKK, KK, K.
JE RECONNAIS CES SONS.
ON M'EN A FAIT ÉCOUTER DES ENREGISTREMENTS SUR HORIZON.
KKK, KKKK, KK KKKK, KKKKKK, KK, K.
KKK, KKKK, KK KKKK, KKKKKK, KK, K.
C'EST UN ERMITE ET IL A D'AUTRES CHOSES À FAIRE.
POURQUOI T'A-T-IL PALPÉ COMME ÇA? QUE T'A-T-IL DIT?
IL M'A DIT...
CE QUI DOIT ARRIVER, ARRIVE, C'EST DANS L'ORDRE DES CHOSES.
TU... TU ES ENCEINTE?!

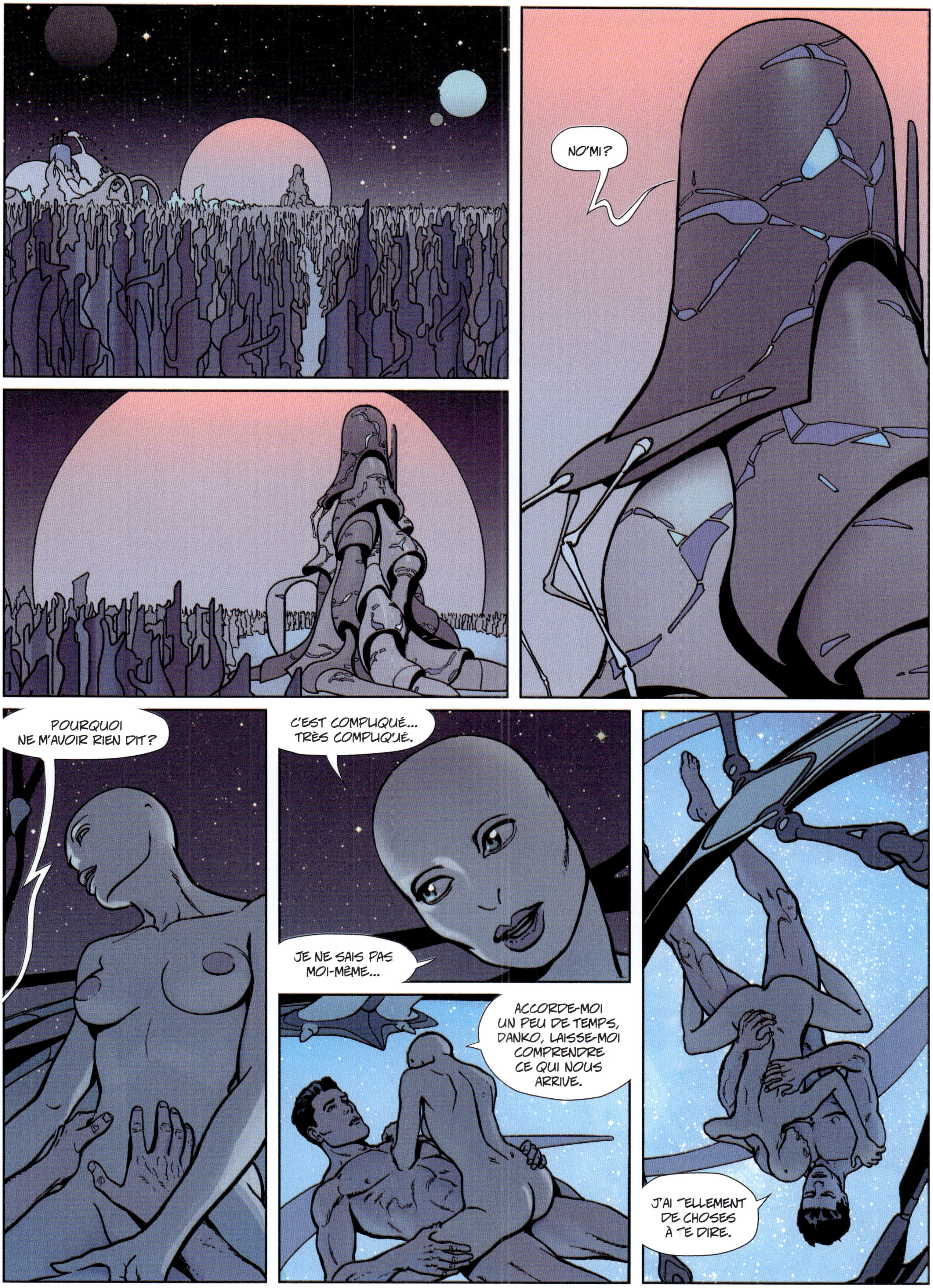
NO'MI ?
POURQUOI NE M'AVOIR RIEN DIT ?
C'EST COMPLIQUÉ... TRÈS COMPLIQUÉ.
JE NE SAIS PAS MOI-MÊME...
ACCORDE-MOI UN PEU DE TEMPS, DANKO, LAISSE-MOI COMPRENDRE CE QUI NOUS ARRIVE.
J'AI TELLEMENT DE CHOSES À TE DIRE.

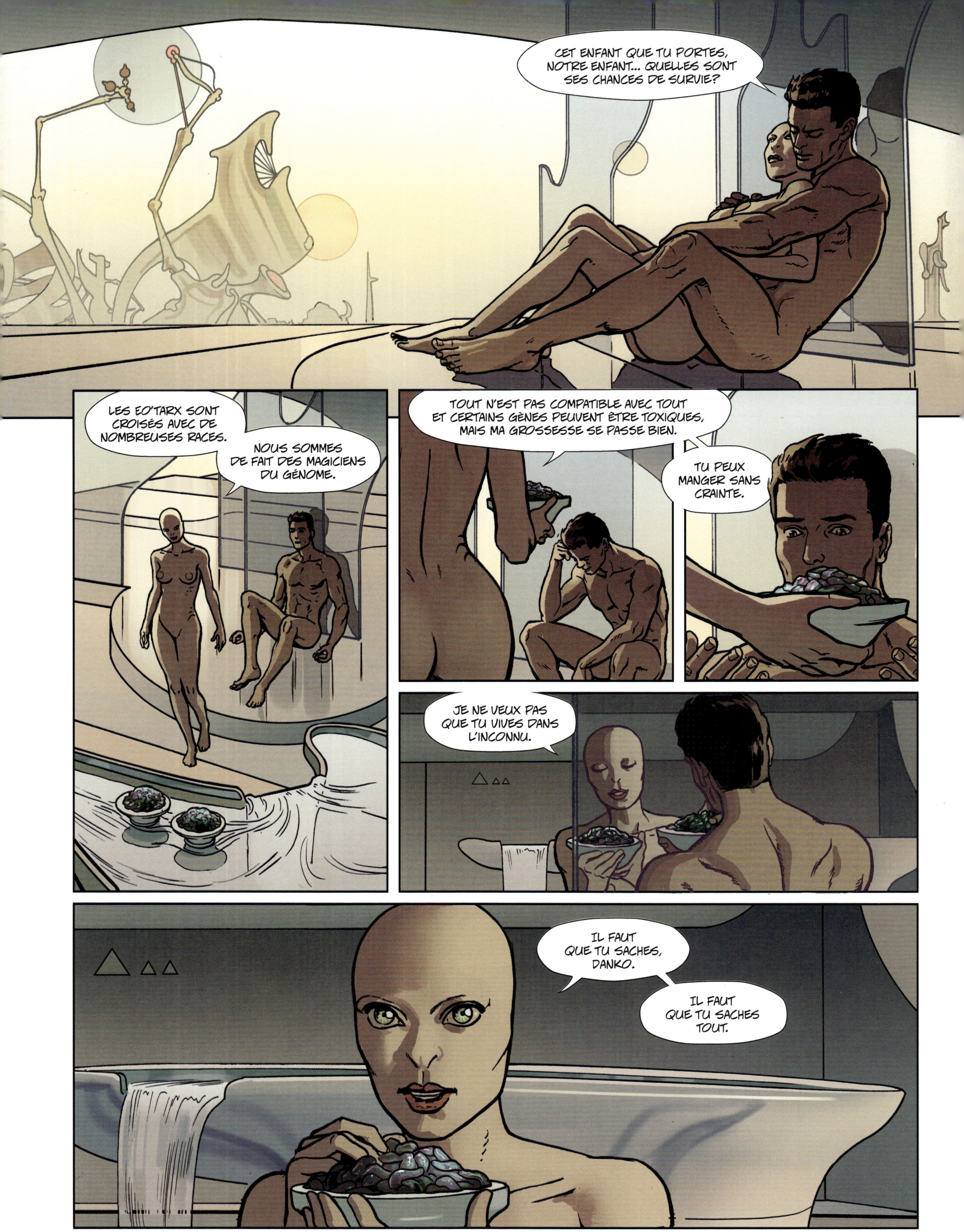
CET ENFANT QUE TU PORTES, NOTRE ENFANT... QUELLES SONT SES CHANCES DE SURVIE?
LES EO'TARX SONT CROISÉS AVEC DE NOMBREUSES RACES.
NOUS SOMMES DE FAIT DES MAGICIENS DU GÉNOME.
TOUT N'EST PAS COMPATIBLE AVEC TOUT ET CERTAINS GÈNES PEUVENT ÊTRE TOXIQUES, MAIS MA GROSSESSE SE PASSE BIEN.
TU PEUX MANGER SANS CRAINTE.
JE NE VEUX PAS QUE TU VIVES DANS L'INCONNU.
IL FAUT QUE TU SACHES, DANKO.
IL FAUT QUE TU SACHES TOUT.

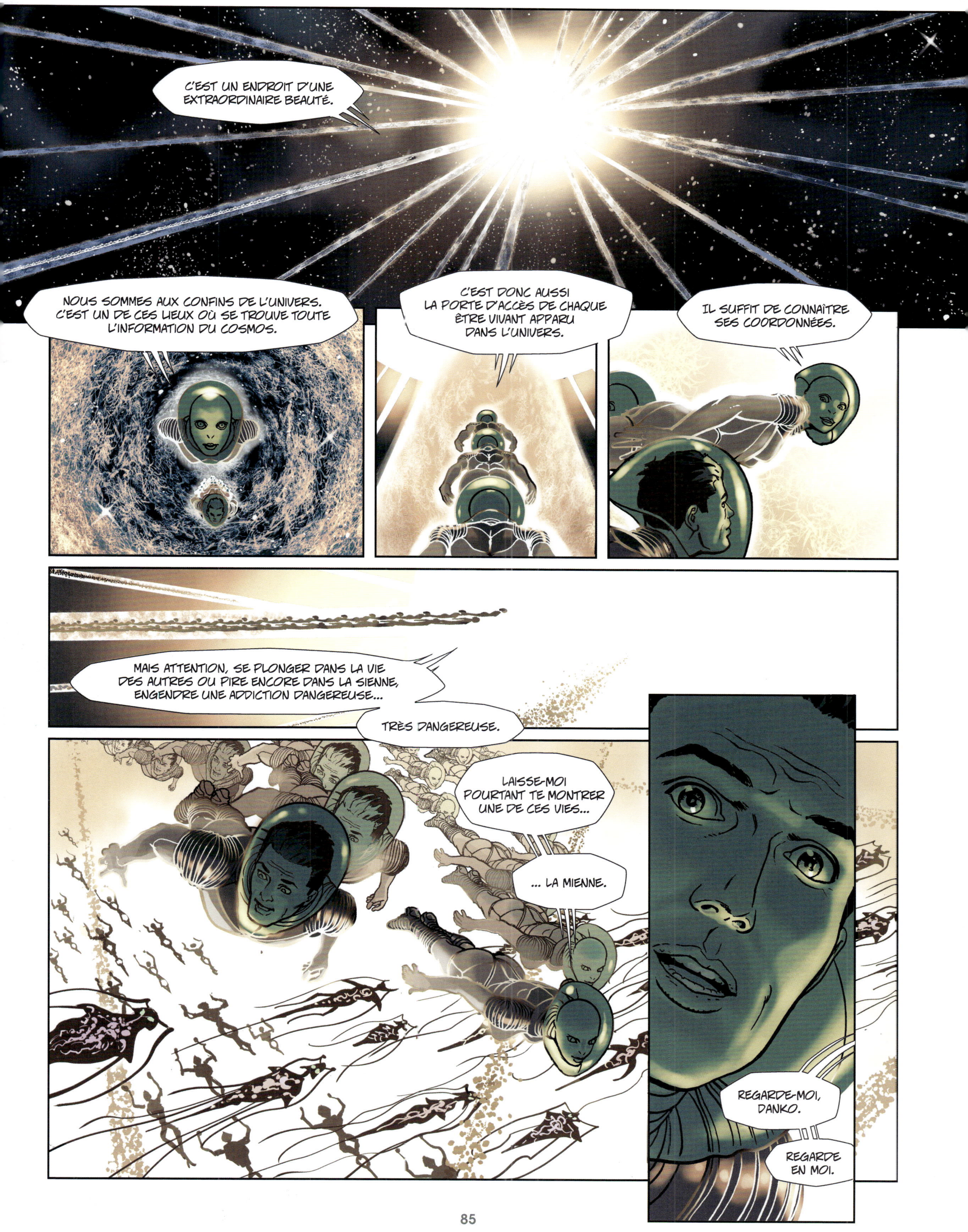
C'EST UN ENDROIT D'UNE EXTRAORDINAIRE BEAUTÉ.
NOUS SOMMES AUX CONFINS DE L'UNIVERS. C'EST UN DE CES LIEUX OÙ SE TROUVE TOUTE L'INFORMATION DU COSMOS.
C'EST DONC AUSSI LA PORTE D'ACCÈS DE CHAQUE ÊTRE VIVANT APPARU DANS L'UNIVERS.
IL SUFFIT DE CONNAÎTRE SES COORDONNÉES.
MAIS ATTENTION, SE PLONGER DANS LA VIE DES AUTRES OU PIRE ENCORE DANS LA SIENNE, ENGENDRE UNE ADDICTION DANGEREUSE...
TRÈS DANGEREUSE.
LAISSE-MOI POURTANT TE MONTRER UNE DE CES VIES...
... LA MIENNE.
REGARDE-MOI, DANKO.
REGARDE EN MOI.

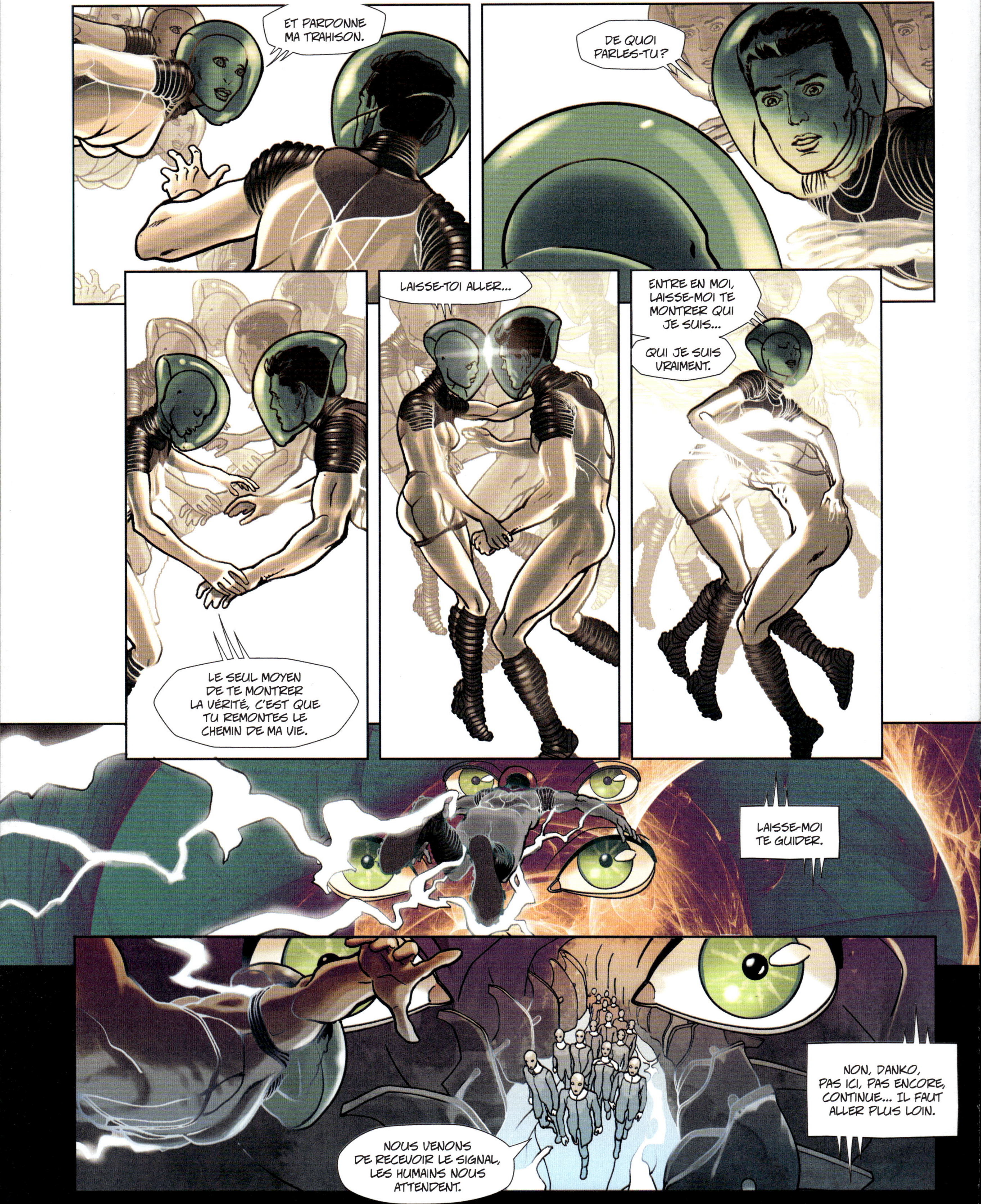
ET PARDONNE MA TRAHISON.
DE QUOI PARLES-TU ?
LE SEUL MOYEN DE TE MONTRER LA VÉRITÉ, C'EST QUE TU REMONTES LE CHEMIN DE MA VIE.
LAISSE-TOI ALLER...
ENTRE EN MOI, LAISSE-MOI TE MONTRER QUI JE SUIS...
QUI JE SUIS VRAIMENT.
LAISSE-MOI TE GUIDER.
NOUS VENONS DE RECEVOIR LE SIGNAL, LES HUMAINS NOUS ATTENDENT.
NON, DANKO, PAS ICI, PAS ENCORE, CONTINUE... IL FAUT ALLER PLUS LOIN.

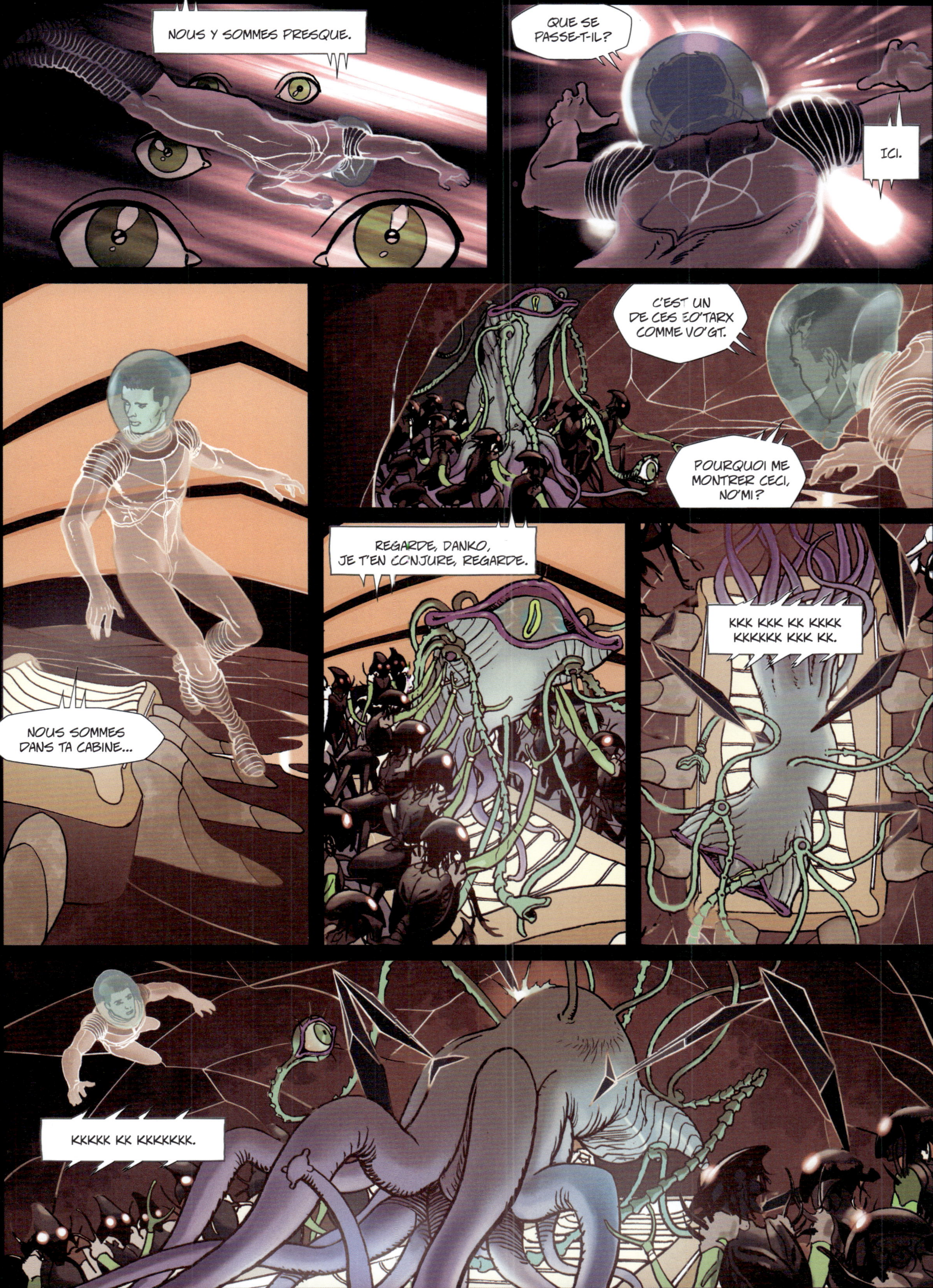
NOUS Y SOMMES PRESQUE.
QUE SE PASSE-T-IL?
ICI.
C'EST UN DE CES EO'TARX COMME VO'GT.
POURQUOI ME MONTRER CECI, NO'MI?
NOUS SOMMES DANS TA CABINE...
REGARDE, DANKO, JE T'EN CONJURE, REGARDE.
KKK KKK KK KKKK KKKKKK KKK KK.
KKKKK KK KKKKKKK.

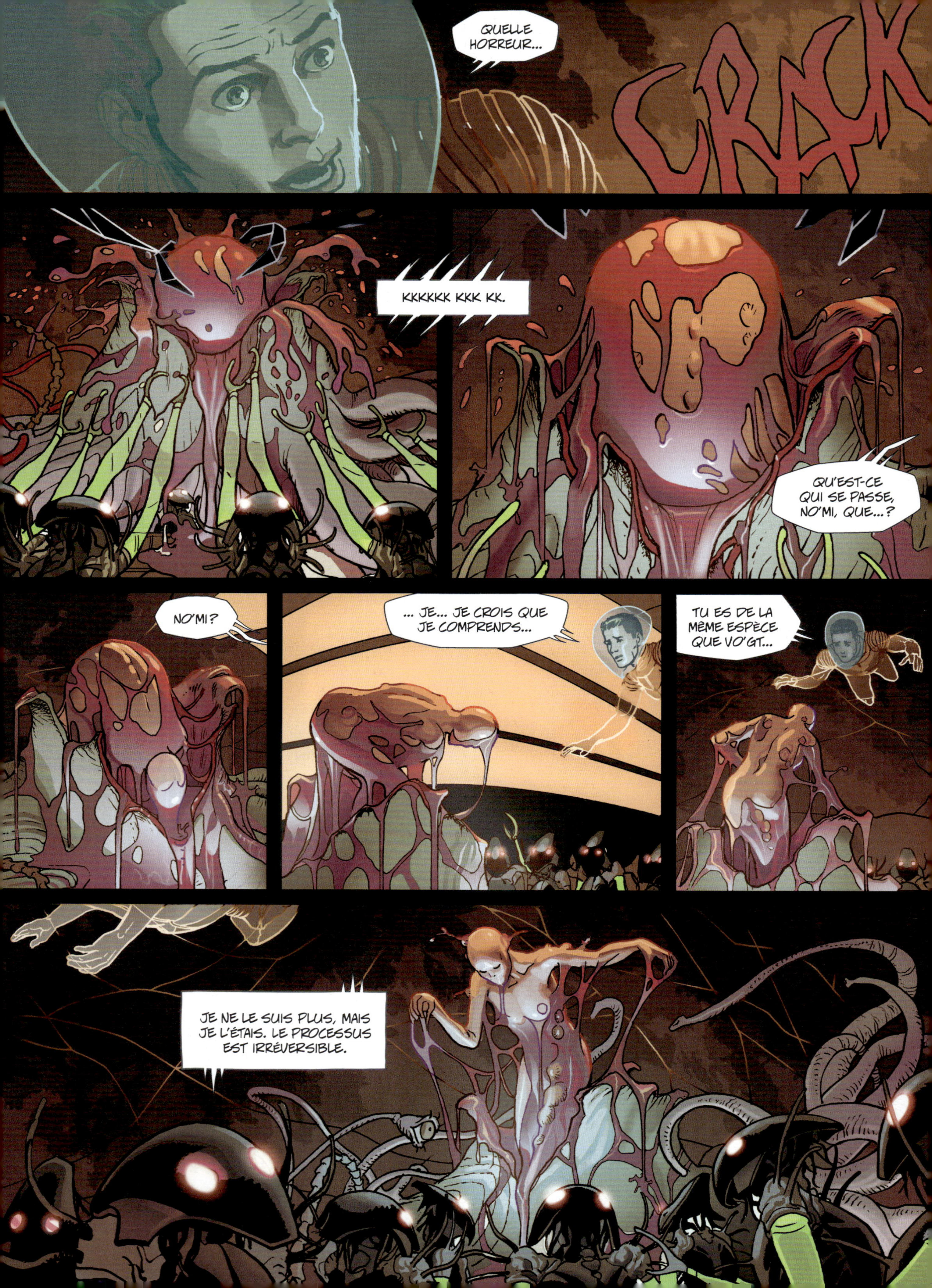
QUELLE HORREUR...
CRACK
KKKKKK KKK KK.
QU'EST-CE QUI SE PASSE, NO'MI, QUE...?
NO'MI ?
... JE... JE CROIS QUE JE COMPRENDS...
TU ES DE LA MÊME ESPÈCE QUE VO'GT...
JE NE LE SUIS PLUS, MAIS JE L'ÉTAIS. LE PROCESSUS EST IRRÉVERSIBLE.

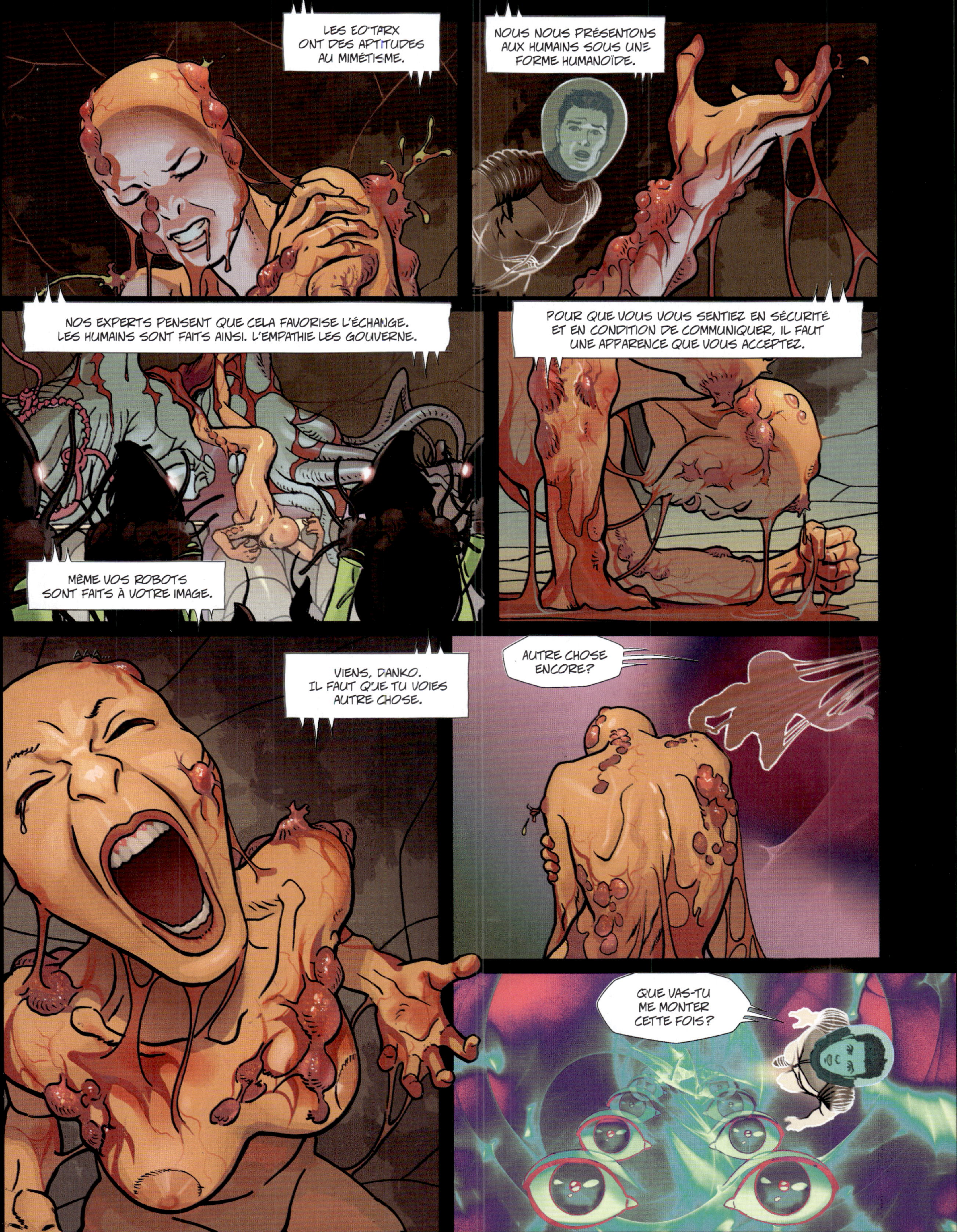
LES EO'TARX ONT DES APTITUDES AU MIMÉTISME.
NOUS NOUS PRÉSENTONS AUX HUMAINS SOUS UNE FORME HUMANOÏDE.
NOS EXPERTS PENSENT QUE CELA FAVORISE L'ÉCHANGE. LES HUMAINS SONT FAITS AINSI. L'EMPATHIE LES GOUVERNE.
MÊME VOS ROBOTS SONT FAITS À VOTRE IMAGE.
POUR QUE VOUS VOUS SENTIEZ EN SÉCURITÉ ET EN CONDITION DE COMMUNIQUER, IL FAUT UNE APPARENCE QUE VOUS ACCEPTEZ.
AAA...
VIENS, DANKO. IL FAUT QUE TU VOIES AUTRE CHOSE.
AUTRE CHOSE ENCORE?
QUE VAS-TU ME MONTER CETTE FOIS?

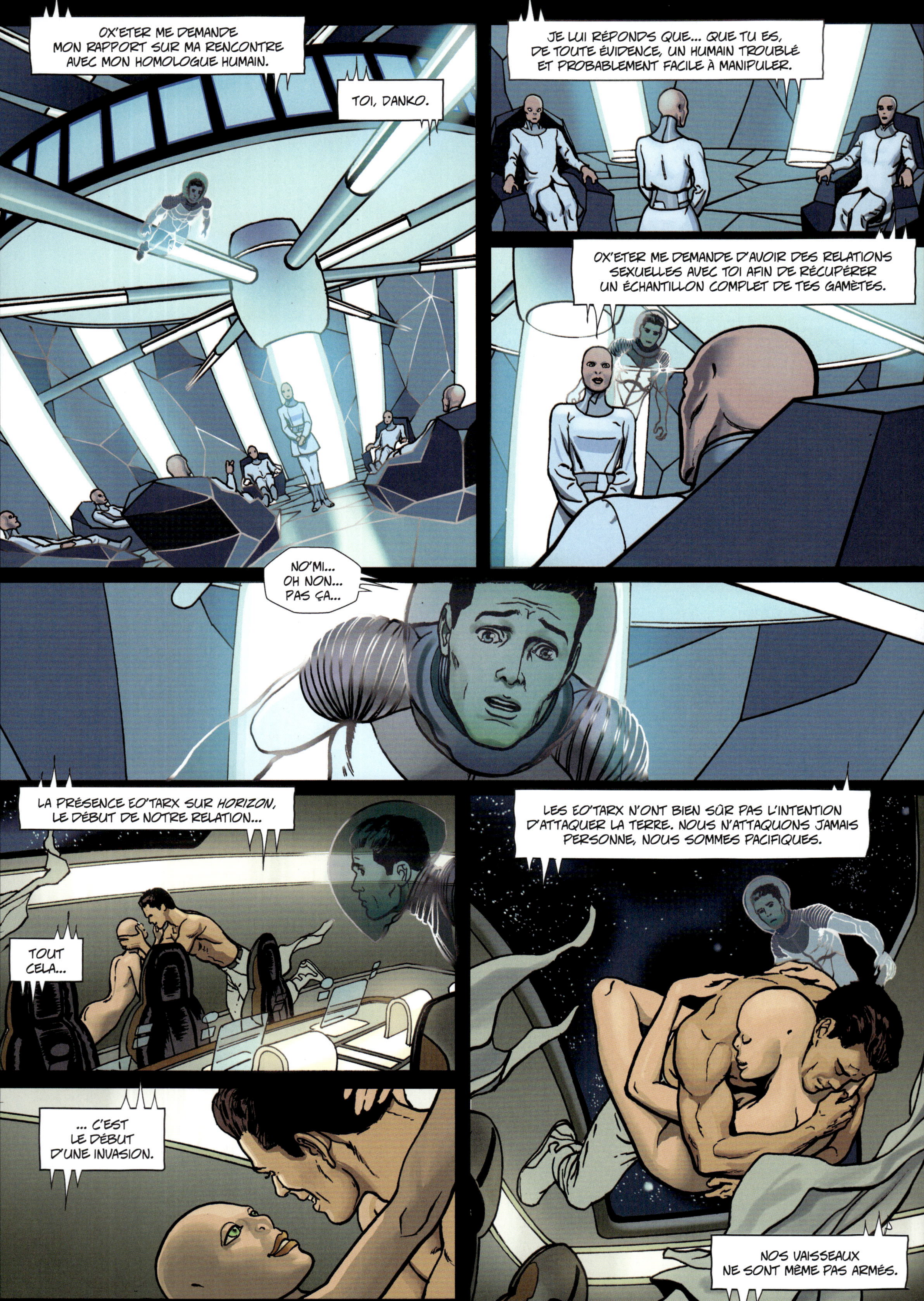
OX'ETER ME DEMANDE MON RAPPORT SUR MA RENCONTRE AVEC MON HOMOLOGUE HUMAIN.
TOI, DANKO.
JE LUI RÉPONDS QUE... QUE TU ES, DE TOUTE ÉVIDENCE, UN HUMAIN TROUBLÉ ET PROBABLEMENT FACILE À MANIPULER.
OX'ETER ME DEMANDE D'AVOIR DES RELATIONS SEXUELLES AVEC TOI AFIN DE RÉCUPÉRER UN ÉCHANTILLON COMPLET DE TES GAMÈTES.
NO'MI... OH NON... PAS ÇA...
LA PRÉSENCE EO'TARX SUR *HORIZON*, LE DÉBUT DE NOTRE RELATION...
TOUT CELA...
... C'EST LE DÉBUT D'UNE INVASION.
LES EO'TARX N'ONT BIEN SÛR PAS L'INTENTION D'ATTAQUER LA TERRE. NOUS N'ATTAQUONS JAMAIS PERSONNE, NOUS SOMMES PACIFIQUES.
NOS VAISSEAUX NE SONT MÊME PAS ARMÉS.

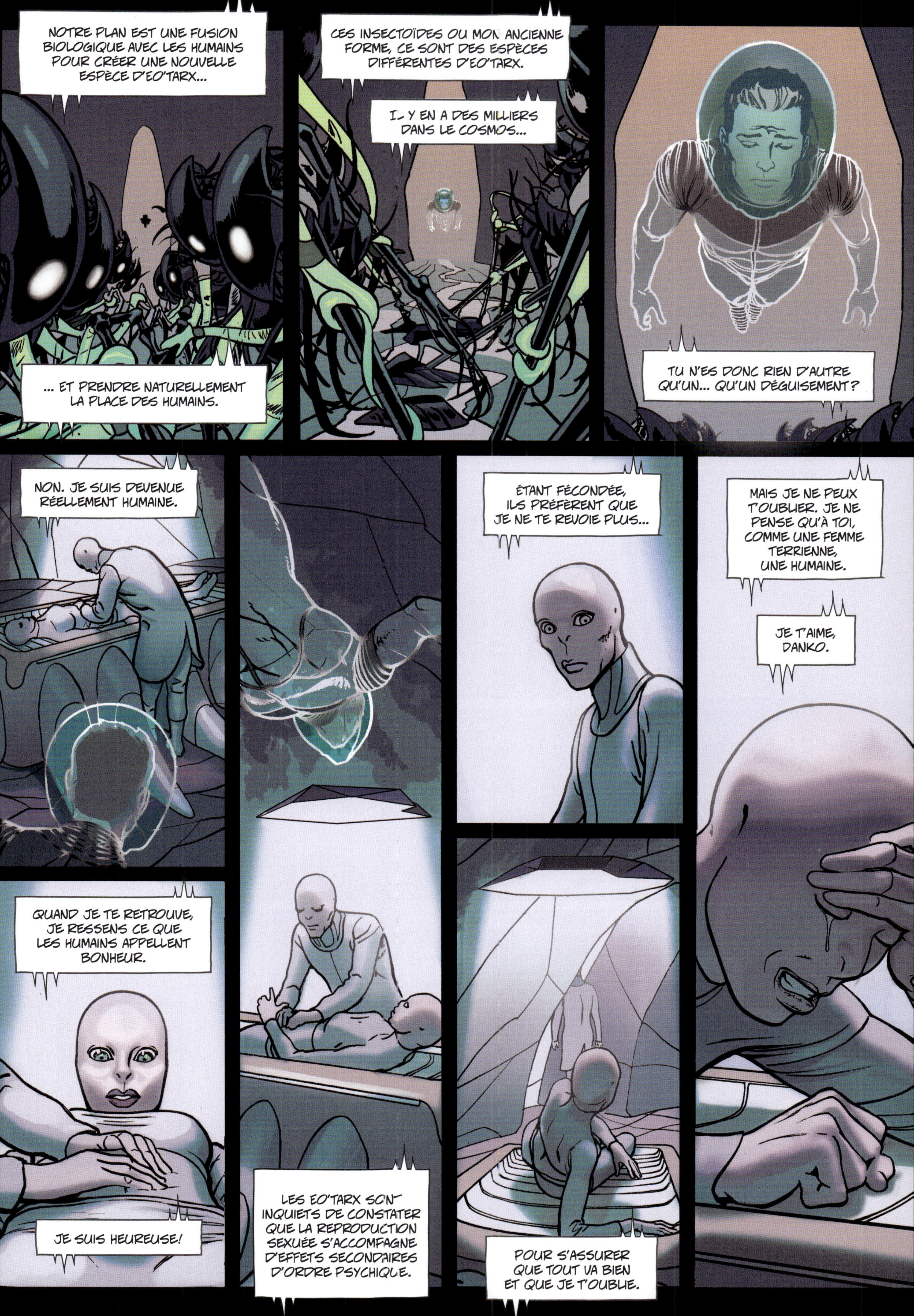
NOTRE PLAN EST UNE FUSION BIOLOGIQUE AVEC LES HUMAINS POUR CRÉER UNE NOUVELLE ESPÈCE D'EO'TARX...
... ET PRENDRE NATURELLEMENT LA PLACE DES HUMAINS.
CES INSECTOÏDES OU MON ANCIENNE FORME, CE SONT DES ESPÈCES DIFFÉRENTES D'EO'TARX.
IL Y EN A DES MILLIERS DANS LE COSMOS...
TU N'ES DONC RIEN D'AUTRE QU'UN... QU'UN DÉGUISEMENT ?
NON. JE SUIS DEVENUE RÉELLEMENT HUMAINE.
ÉTANT FÉCONDÉE, ILS PRÉFÈRENT QUE JE NE TE REVOIE PLUS...
MAIS JE NE PEUX T'OUBLIER. JE NE PENSE QU'À TOI, COMME UNE FEMME TERRIENNE, UNE HUMAINE.
JE T'AIME, DANKO.
QUAND JE TE RETROUVE, JE RESSENS CE QUE LES HUMAINS APPELLENT BONHEUR.
JE SUIS HEUREUSE !
LES EO'TARX SONT INQUIETS DE CONSTATER QUE LA REPRODUCTION SEXUÉE S'ACCOMPAGNE D'EFFETS SECONDAIRES D'ORDRE PSYCHIQUE.
POUR S'ASSURER QUE TOUT VA BIEN ET QUE JE T'OUBLIE.

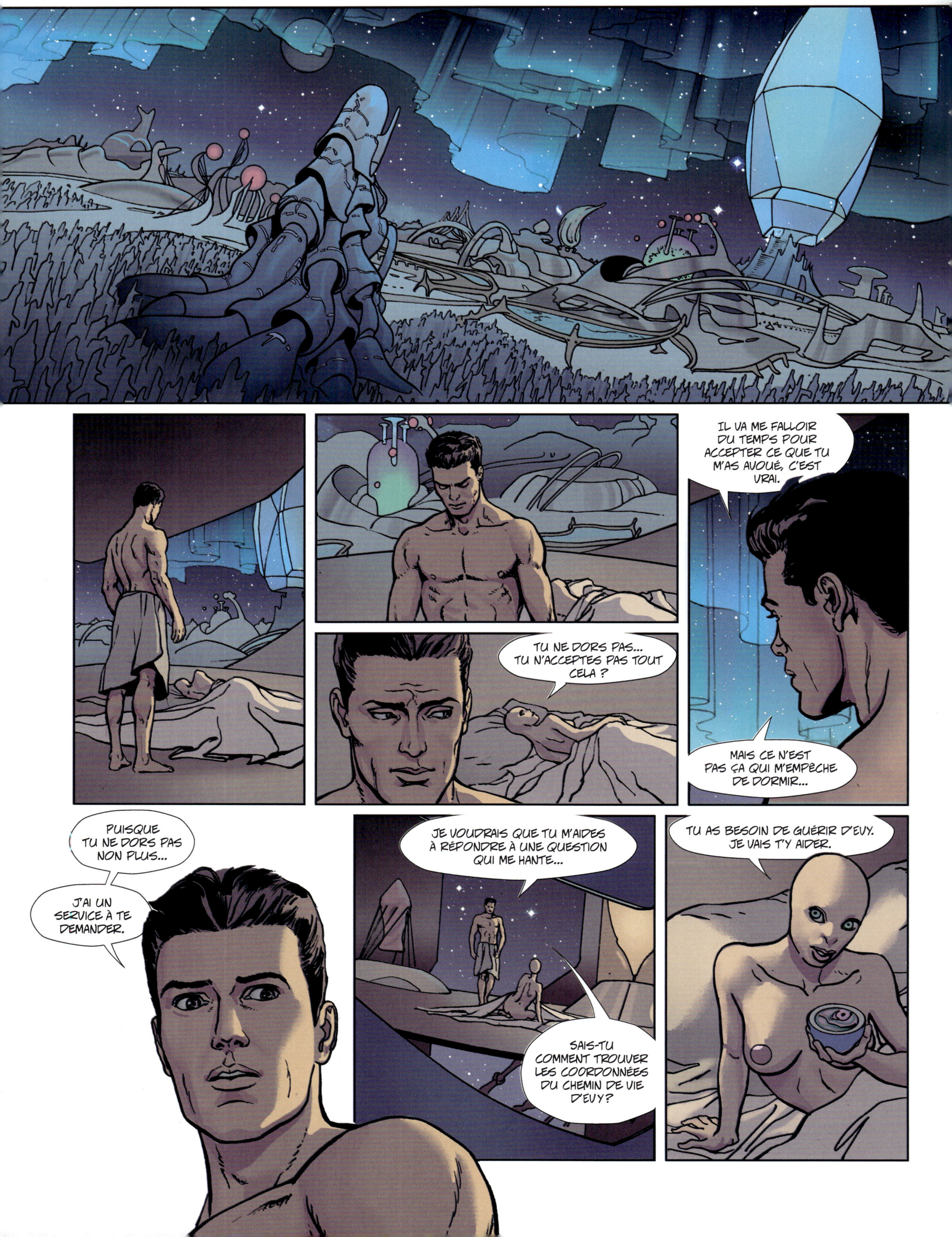
IL VA ME FALLOIR DU TEMPS POUR ACCEPTER CE QUE TU M'AS AVOUÉ, C'EST VRAI.
TU NE DORS PAS... TU N'ACCEPTES PAS TOUT CELA ?
MAIS CE N'EST PAS ÇA QUI M'EMPÊCHE DE DORMIR...
PUISQUE TU NE DORS PAS NON PLUS...
J'AI UN SERVICE À TE DEMANDER.
JE VOUDRAIS QUE TU M'AIDES À RÉPONDRE À UNE QUESTION QUI ME HANTE...
SAIS-TU COMMENT TROUVER LES COORDONNÉES DU CHEMIN DE VIE D'EUY?
TU AS BESOIN DE GUÉRIR D'EUY. JE VAIS T'Y AIDER.

ET MAINTENANT ? QUE DOIS-JE FAIRE? COMMENT RETROUVER EUY?
DANS TON CŒUR, DANKO, DANS TA PROPRE VIE.
PLONGE DANS TA VIE JUSQU'À CE QUE TU TROUVES UN MOMENT COMMUN AVEC EUY. TU N'AS PLUS QU'À LA SUIVRE.
EUY...
HEY, JE SUIS TA SŒUR, TU PEUX ME PARLER! ÇA NE PEUT PAS ÊTRE SI GRAVE. SI?!

PUISQUE TU Y TIENS...
OH... MERDE.
SI, C'EST GRAVE! JE SUIS ENCEINTE!
TU FERAS COMMENT POUR T'OCCUPER D'UN BÉBÉ TOUTE SEULE?
DÈS QUE TU LUI AVOUERAS, TON DANKO DISPARAITRA!
C'EST FAUX!
IL M'AIME! ON TROUVERA UNE SOLUTION.
EVY... EVY... COMMENT PEUX-TU ÊTRE AUSSI NAÏVE...? C'EST UN GAMIN BLANC QUI FAIT SON BLACK TRIP! RIEN DE PLUS.
DEMANDE AUTOUR DE TOI, ON A TOUS EU UN COPAIN BLANC. MAIS PERSONNE N'EN A JAMAIS ÉPOUSÉ UN!
POURQUOI TU N'EN PARLES PAS À DANKO?
J'AI PEUR D'ENTENDRE QU'IL N'EN VEUILLE PAS.
JE NE SAIS PLUS QUOI PENSER. TOUT LE MONDE EST CONTRE NOUS...
ET SI MA MÈRE AVAIT RAISON ET QUE DANKO NE S'INTÉRESSAIT À MOI QUE PARCE QU'IL VOULAIT SE FAIRE UNE NOIRE?
EVY

LE CHÈQUE QUI SE TROUVE DANS CETTE ENVELOPPE COUVRIRA L'INTERVENTION MÉDICALE...
VOUS RECEVREZ UN SECOND CHÈQUE DANS SIX MOIS...
JE CROIS QUE C'EST EFFECTIVEMENT LA MEILLEURE SOLUTION.
... À CONDITION QUE VOTRE FILLE NE REVOIE JAMAIS MON FILS.
DE TOUTE FAÇON, C'EST CE QUE DANKO SOUHAITE...
C'EST ENTENDU.
C'EST... C'EST VRAIMENT LE SOUHAIT DE DANKO?
OUI.
EVY... OH, EVY...

CLINIC
NON. JE NE VEUX PAS Y ALLER. PAS COMME ÇA, PAS MAINTENANT.
LOVE LIFE
SAVE the UNBORN
TU N'AS QUAND MÊME PAS PEUR DE CETTE BANDE D'IMBÉCILES?
PLUS VITE ON SERA À L'INTÉRIEUR, PLUS VITE CE SERA FINI...
PRO LIFE
DEMAIN, TOUT ÇA NE SERA PLUS QU'UN MAUVAIS SOUVENIR.
GENERATION
STOP Abortion NOW!
PRO LIFE first
L'ÉTERNEL CONNAÎT LA VOIE DES JUSTES ET CELLE DES PÉCHEURS MÈNE À LA RUINE.
Save the UNBORN
SAVE THE BABY HUMANS
I AM PRO LIFE
NE FAIS PAS ÇA À TON ENFANT!
MEURTRIÈRE! JÉSUS TE REGARDE!
LA LOI M'OBLIGE À VOUS DEMANDER SI VOTRE DÉCISION EST DÉFINITIVE.
EVY?
OUI, ELLE A BIEN RÉFLÉCHI. SA DÉCISION EST PRISE.
TU AS PRIS UNE VIE!
POURRIS EN ENFER, CRÉATURE INDIGNE!
BABY FIRST
SAVE THEM BOTH!

NON. JE VAIS ME DÉBROUILLER. LAISSE-MOI, JE VEUX ÊTRE SEULE MAINTENANT.
TU AS MENTI AU DOCTEUR, MAMAN, JE N'AI PAS EU LE TEMPS DE RÉFLÉCHIR.
DANKO...
EUY...

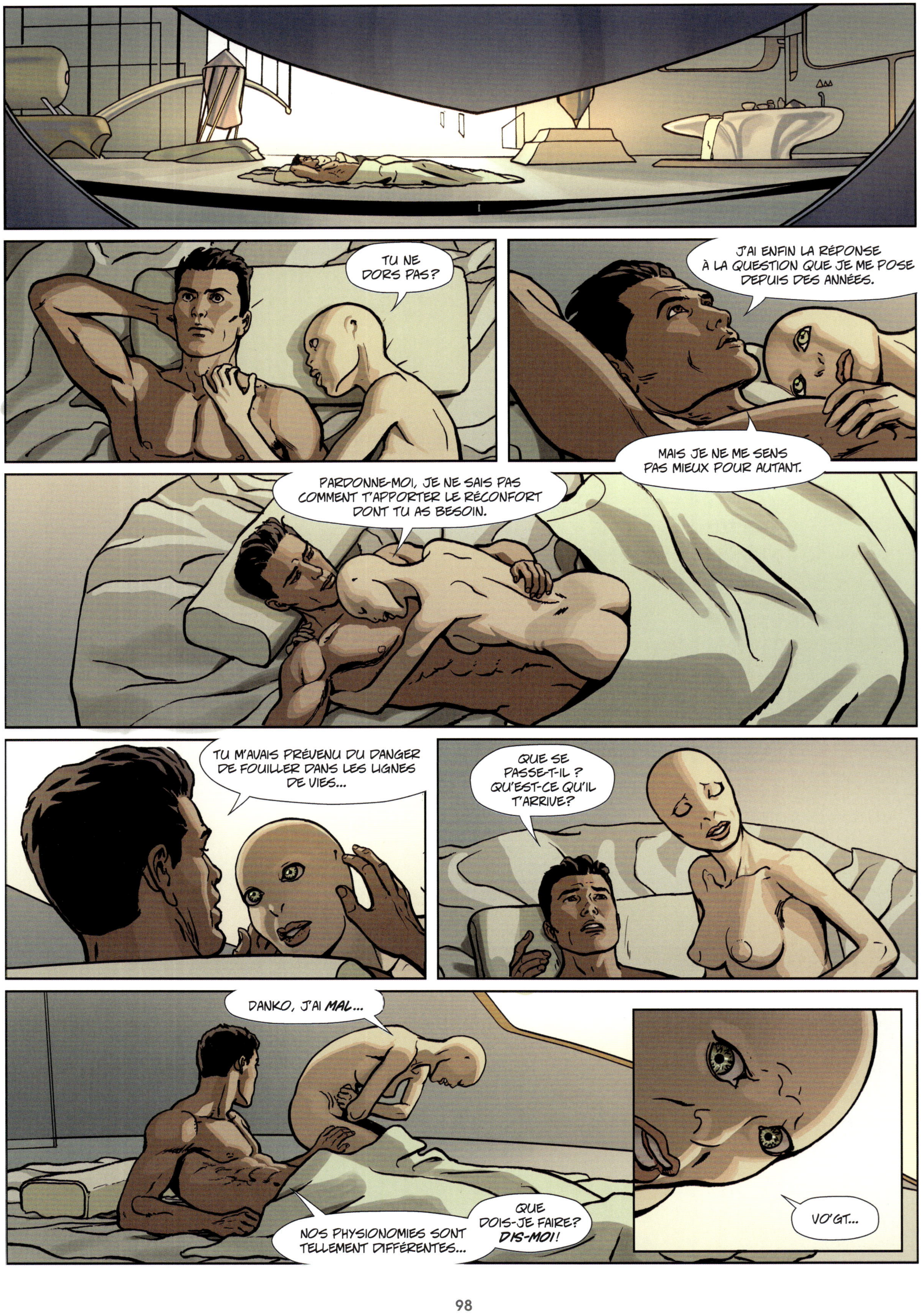
TU NE DORS PAS?
J'AI ENFIN LA RÉPONSE À LA QUESTION QUE JE ME POSE DEPUIS DES ANNÉES.
MAIS JE NE ME SENS PAS MIEUX POUR AUTANT.
PARDONNE-MOI, JE NE SAIS PAS COMMENT T'APPORTER LE RÉCONFORT DONT TU AS BESOIN.
TU M'AVAIS PRÉVENU DU DANGER DE FOUILLER DANS LES LIGNES DE VIES...
QUE SE PASSE-T-IL ? QU'EST-CE QU'IL T'ARRIVE?
DANKO, J'AI MAL...
NOS PHYSIONOMIES SONT TELLEMENT DIFFÉRENTES...
QUE DOIS-JE FAIRE? DIS-MOI!
VO'GT...

VO'GT... VO'GT... OÙ ES-TU?
VO'GT! VO'GT!

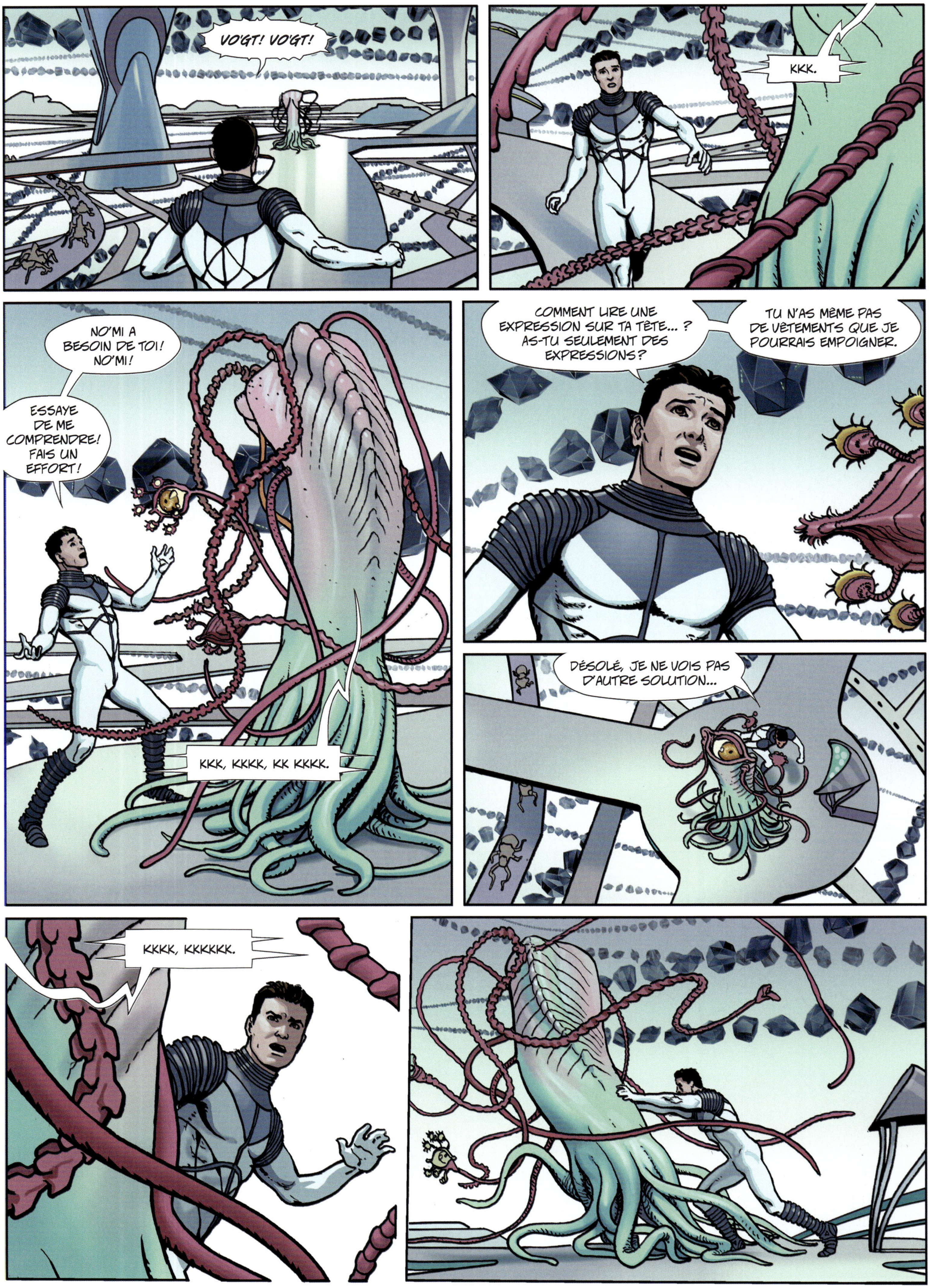
VO'GT! VO'GT!
KKK.
NO'MI A BESOIN DE TOI! NO'MI!
ESSAYE DE ME COMPRENDRE! FAIS UN EFFORT!
KKK, KKKK, KK KKKK.
COMMENT LIRE UNE EXPRESSION SUR TA TÊTE... ? AS-TU SEULEMENT DES EXPRESSIONS?
TU N'AS MÊME PAS DE VÊTEMENTS QUE JE POURRAIS EMPOIGNER.
DÉSOLÉ, JE NE VOIS PAS D'AUTRE SOLUTION...
KKKK, KKKKKK.

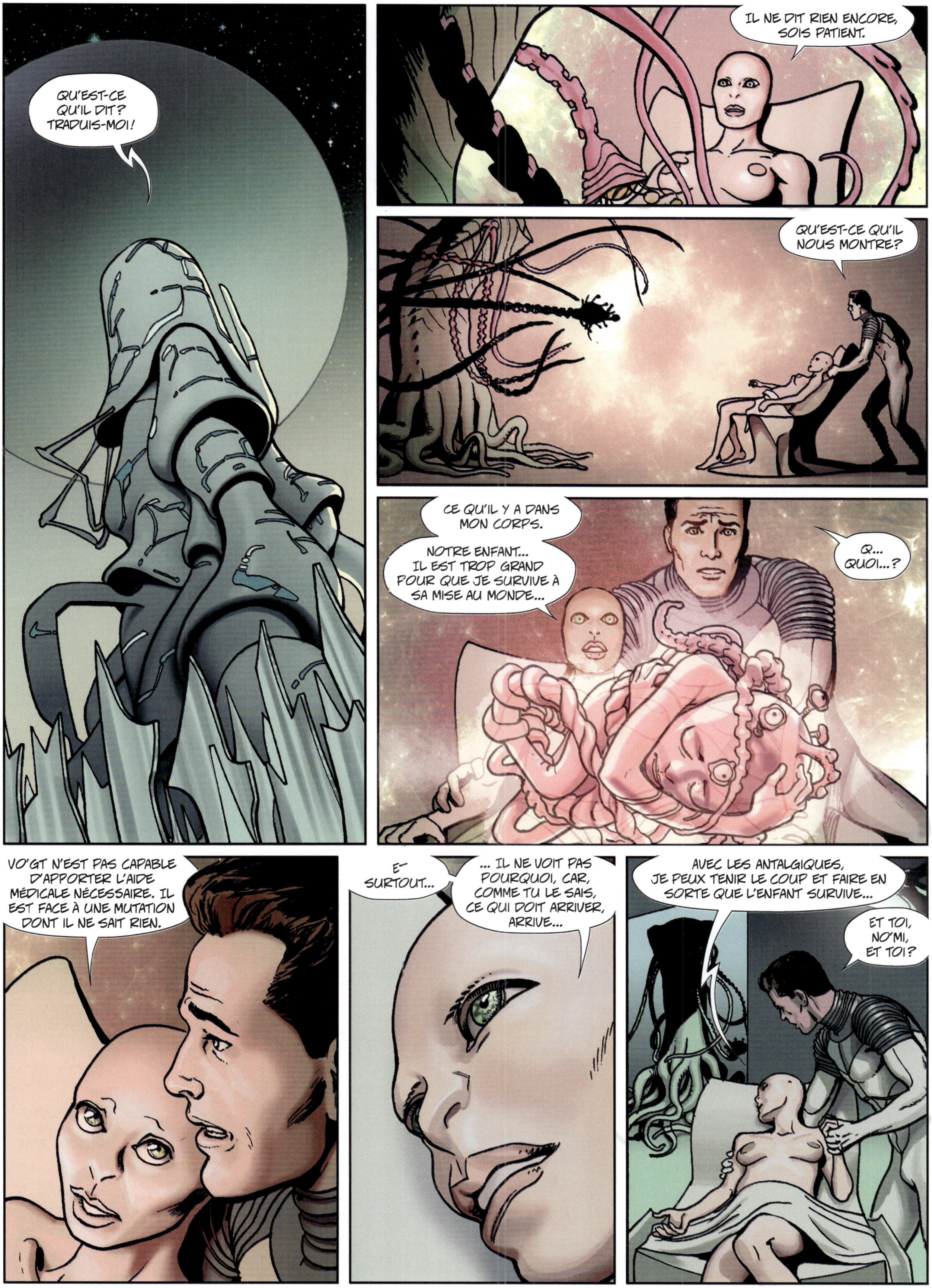

QU'EST-CE QU'IL DIT? TRADUIS-MOI!
IL NE DIT RIEN ENCORE, SOIS PATIENT.
QU'EST-CE QU'IL NOUS MONTRE?
CE QU'IL Y A DANS MON CORPS.
NOTRE ENFANT... IL EST TROP GRAND POUR QUE JE SURVIVE À SA MISE AU MONDE...
Q... QUOI...?
VO'GT N'EST PAS CAPABLE D'APPORTER L'AIDE MÉDICALE NÉCESSAIRE. IL EST FACE À UNE MUTATION DONT IL NE SAIT RIEN.
E-SURTOUT...
... IL NE VOIT PAS POURQUOI, CAR, COMME TU LE SAIS, CE QUI DOIT ARRIVER, ARRIVE...
AVEC LES ANTALGIQUES, JE PEUX TENIR LE COUP ET FAIRE EN SORTE QUE L'ENFANT SURVIVE...
ET TOI, NO'MI, ET TOI?

TU ES DE PLUS EN PLUS FAIBLE, NO'MI, C'EST ÉVIDENT.
JE RETOURNE CHERCHER VO'GT.
C'EST INUTILE. IL EST TELLEMENT IMPRÉGNÉ DU FAIT QUE LE TEMPS N'EXISTE PAS QU'IL NE PEUT AGIR.
MAIS C'EST ABSURDE !
TU AS RAISON. JE CROIS QUE JE PENSE COMME TOI.
SERAIS-JE DEVENUE HUMAINE ? TROP HUMAINE ?
JE...
NO'MI, NO'MI !
QUE FAIRE, PUTAIN, QUE FAIRE ?!
NON.
J'AI PERDU EVY. JE NE TE PERDRAI PAS.

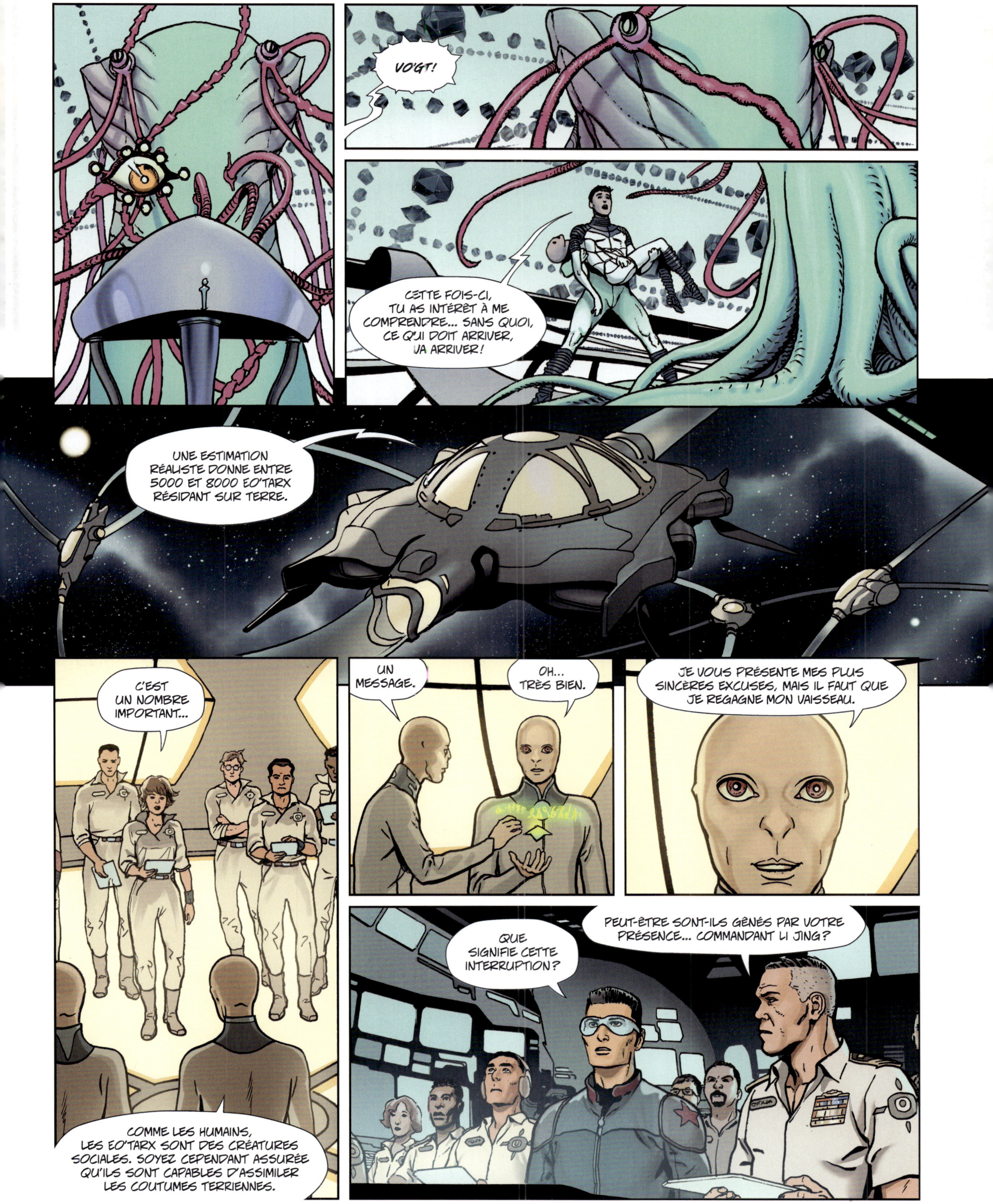
VO'GT!
CETTE FOIS-CI, TU AS INTÉRÊT À ME COMPRENDRE... SANS QUOI, CE QUI DOIT ARRIVER, VA ARRIVER!
UNE ESTIMATION RÉALISTE DONNE ENTRE 5000 ET 8000 EO'TARX RÉSIDANT SUR TERRE.
C'EST UN NOMBRE IMPORTANT...
COMME LES HUMAINS, LES EO'TARX SONT DES CRÉATURES SOCIALES. SOYEZ CEPENDANT ASSURÉE QU'ILS SONT CAPABLES D'ASSIMILER LES COUTUMES TERRIENNES.
UN MESSAGE.
OH... TRÈS BIEN.
JE VOUS PRÉSENTE MES PLUS SINCÈRES EXCUSES, MAIS IL FAUT QUE JE REGAGNE MON VAISSEAU.
QUE SIGNIFIE CETTE INTERRUPTION?
PEUT-ÊTRE SONT-ILS GÊNÉS PAR VOTRE PRÉSENCE... COMMANDANT LI JING?

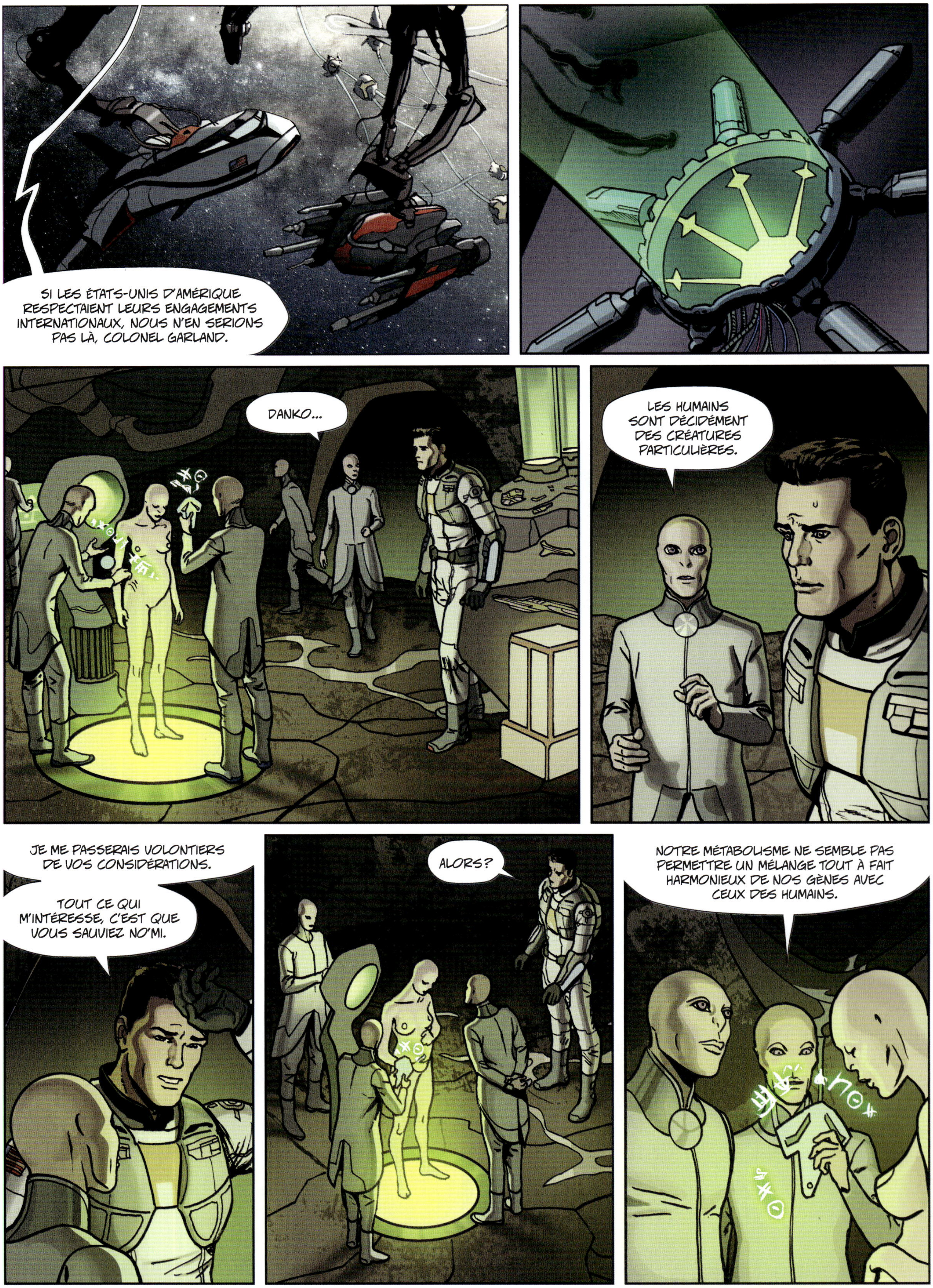
SI LES ÉTATS-UNIS D'AMÉRIQUE RESPECTAIENT LEURS ENGAGEMENTS INTERNATIONAUX, NOUS N'EN SERIONS PAS LÀ, COLONEL GARLAND.
DANKO...
LES HUMAINS SONT DÉCIDÉMENT DES CRÉATURES PARTICULIÈRES.
JE ME PASSERAIS VOLONTIERS DE VOS CONSIDÉRATIONS.
TOUT CE QUI M'INTÉRESSE, C'EST QUE VOUS SAUVIEZ NO'MI.
ALORS?
NOTRE MÉTABOLISME NE SEMBLE PAS PERMETTRE UN MÉLANGE TOUT À FAIT HARMONIEUX DE NOS GÈNES AVEC CEUX DES HUMAINS.

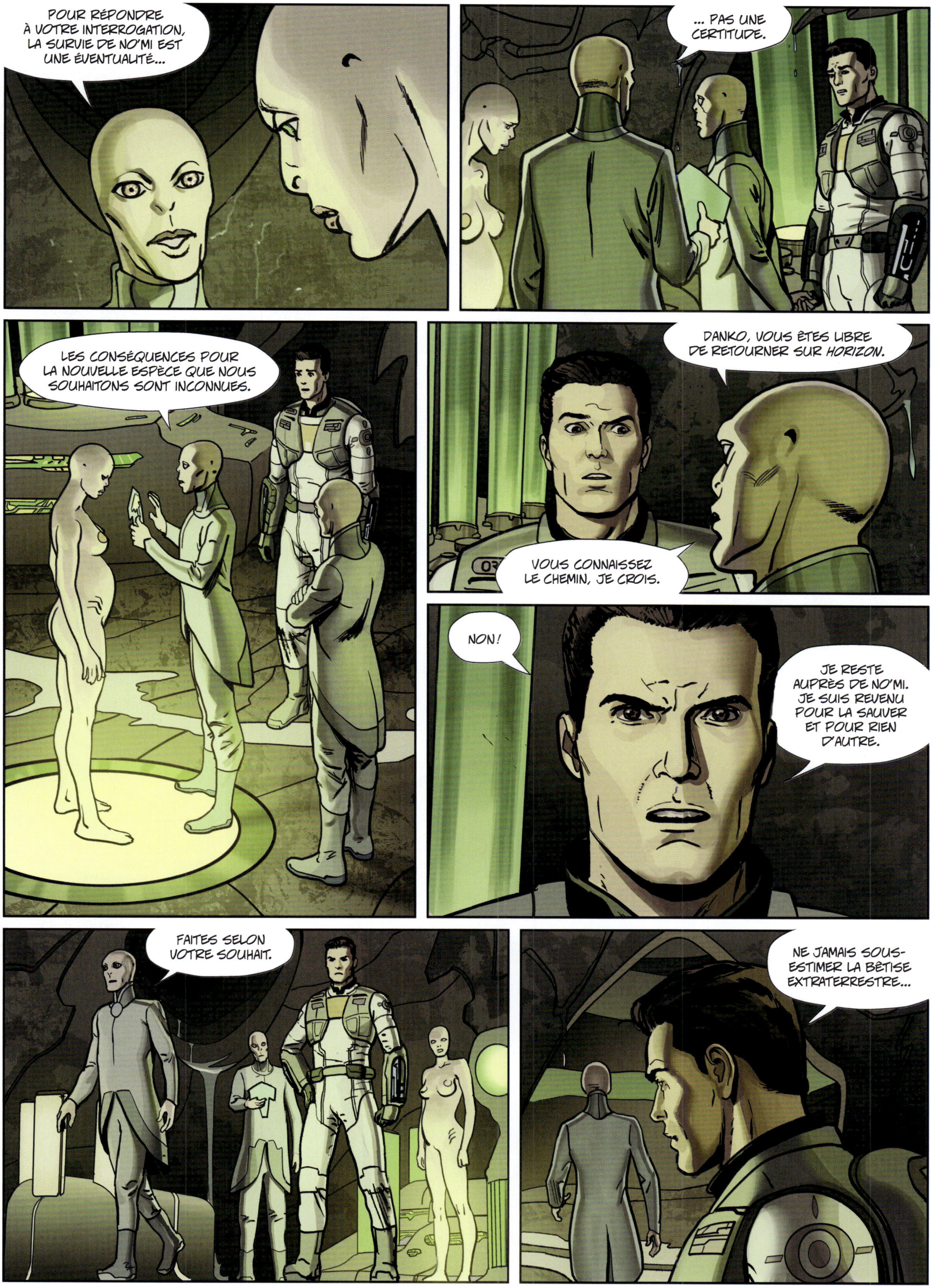
POUR RÉPONDRE À VOTRE INTERROGATION, LA SURVIE DE NO'MI EST UNE ÉVENTUALITÉ...
... PAS UNE CERTITUDE.
LES CONSÉQUENCES POUR LA NOUVELLE ESPÈCE QUE NOUS SOUHAITONS SONT INCONNUES.
DANKO, VOUS ÊTES LIBRE DE RETOURNER SUR *HORIZON*.
VOUS CONNAISSEZ LE CHEMIN, JE CROIS.
NON !
JE RESTE AUPRÈS DE NO'MI. JE SUIS REVENU POUR LA SAUVER ET POUR RIEN D'AUTRE.
FAITES SELON VOTRE SOUHAIT.
NE JAMAIS SOUS-ESTIMER LA BÊTISE EXTRATERRESTRE...

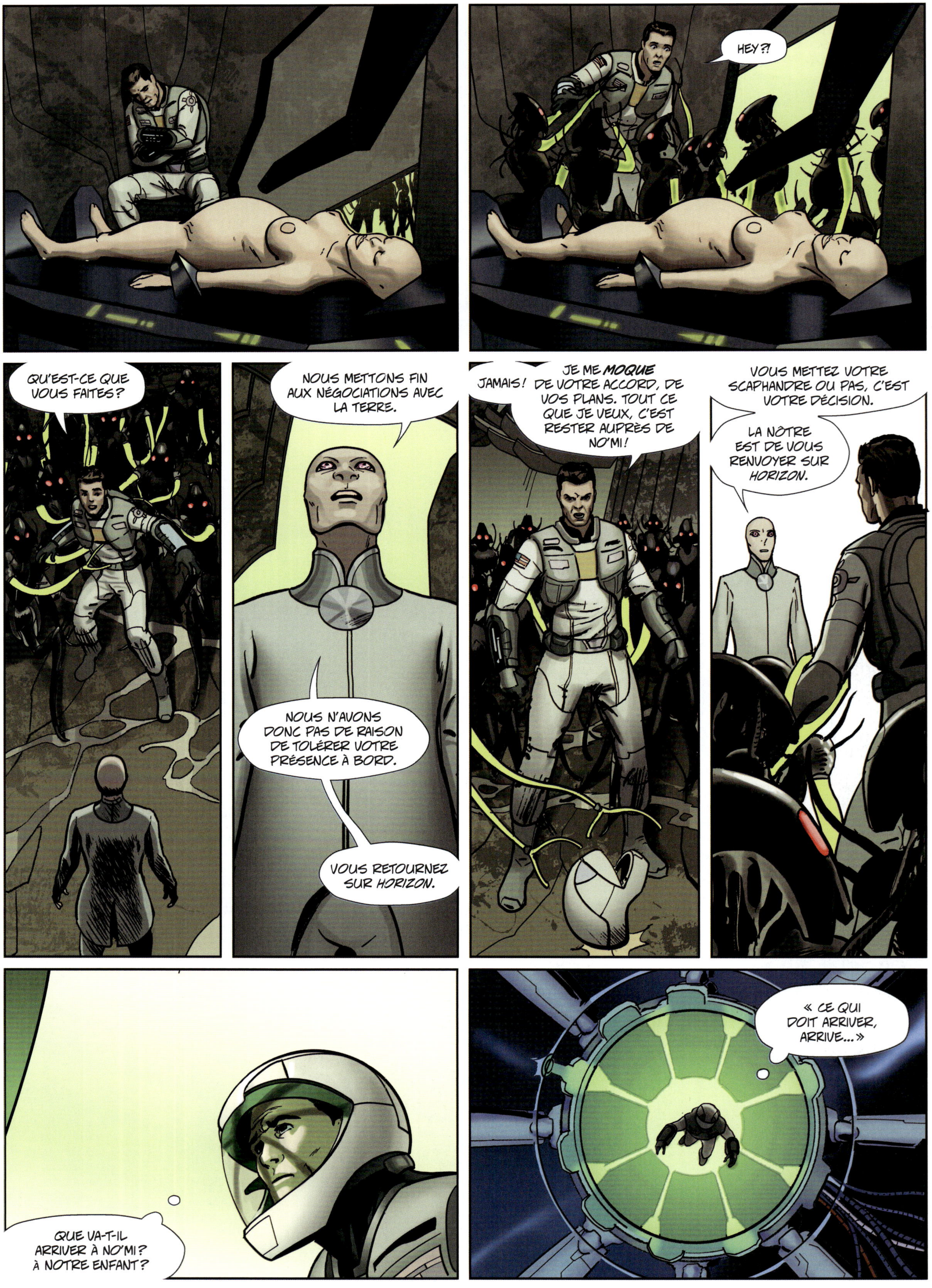

HEY ?!
QU'EST-CE QUE VOUS FAITES ?
NOUS METTONS FIN AUX NÉGOCIATIONS AVEC LA TERRE.
NOUS N'AVONS DONC PAS DE RAISON DE TOLÉRER VOTRE PRÉSENCE À BORD.
VOUS RETOURNEZ SUR HORIZON.
JAMAIS !
JE ME MOQUE DE VOTRE ACCORD, DE VOS PLANS. TOUT CE QUE JE VEUX, C'EST RESTER AUPRÈS DE NO'MI !
VOUS METTEZ VOTRE SCAPHANDRE OU PAS, C'EST VOTRE DÉCISION.
LA NÔTRE EST DE VOUS RENVOYER SUR HORIZON.
QUE VA-T-IL ARRIVER À NO'MI ? À NOTRE ENFANT ?
« CE QUI DOIT ARRIVER, ARRIVE... »

UNE FOIS DE PLUS, PAS DE CAFÉ. EST-CE VRAIMENT TROP DEMANDER QUE DE...
TUM
HEY?! REGARDEZ-ÇA!
ORIZON
NOUS AVONS QUELQU'UN SUR LA PASSERELLE B?
FAIS UN ZOOM!
DANKO! C'EST DANKO!
LE VAISSEAU EO'TARX... IL SE PASSE QUELQUE CHOSE!
TYLER
QUE FONT-ILS?!
ILS S'EN VONT! LES EO'TARX S'EN VONT!

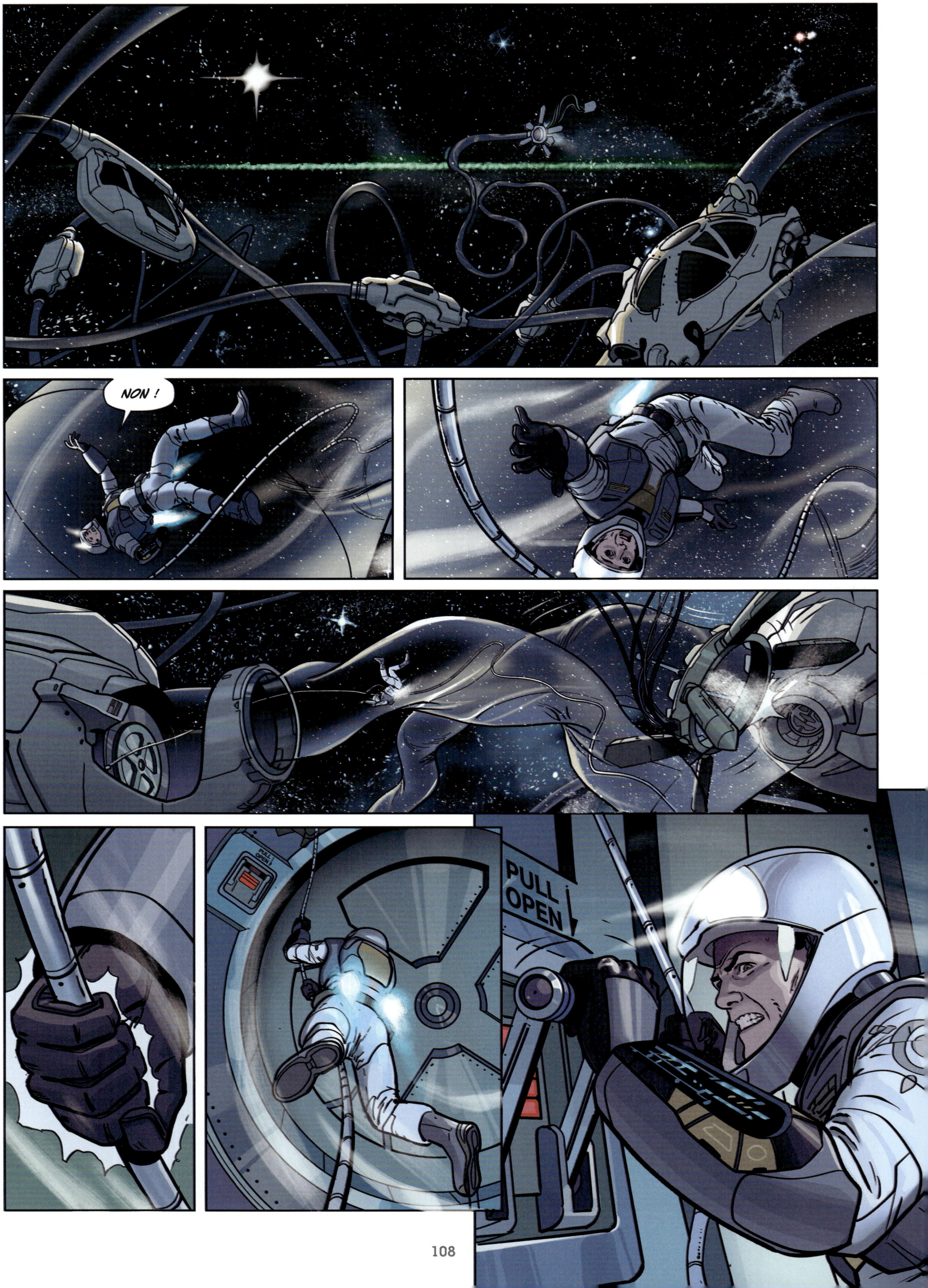
NON !
PULL OPEN
PULL OPEN

... LES EO'TARX SONT UNE TRÈS ANCIENNE ESPÈCE.
ILS ONT BESOIN DE L'ADN D'AUTRES ESPÈCES INTELLIGENTES POUR SE REPRODUIRE ET PROSPÉRER.
ILS NOUS AURAIENT ENVAHIS, DE FAÇON PACIFIQUE, EN LAISSANT FAIRE LA NATURE, ET AURAIT AINSI FONDÉ UNE NOUVELLE ESPÈCE HYBRIDE. COMME ILS L'ONT FAIT À MAINTES REPRISES DANS LE COSMOS.
LEUR INSTALLATION SUR TERRE AURAIT EU POUR CONSÉQUENCE DE DISSOUDRE LENTEMENT LES HUMAINS DANS LEUR PROPRE ADN.
TOUT CELA ME PARAIT TIRÉ PAR LES CHEVEUX...
... ET RESSEMBLE À UNE EXCUSE POUR POUR COUVRIR VOTRE RESPONSABILITÉ.
EN PÉNÉTRANT DANS LE VAISSEAU ÉTRANGER, VOUS LEUR AVEZ MONTRÉ QUE LES HUMAINS N'ÉTAIENT PAS DIGNES DE CONFIANCE, FAISANT ÉCHOUER UN ACCORD DONT LES AVANTAGES ÉTAIENT CONSIDÉRABLES.
ET TOUT ÇA POUR QUOI?
POUR UNE BANALE HISTOIRE DE FESSES...

JE PARTAGE L'AVIS DE MON ÉMINENT CONFRÈRE ET DEMANDE À CETTE COMMISSION DE SAISIR LE FBI AFIN QUE MONSIEUR ORTON SOIT L'OBJET D'UNE ENQUÊTE POUR TRAHISON.
N'ÉTANT PAS MILITAIRE, MON CLIENT A DROIT À UN PROCÈS PUBLIC.
IL RÉPONDRA DONC À TOUTES LES QUESTIONS DES JOURNALISTES, PLONGEANT AINSI LE GOUVERNEMENT DANS UNE CRISE BIEN PLUS GRAVE QUE CELLE, ENCORE CONFIDENTIELLE, QUE NOUS VIVONS ACTUELLEMENT.
LE GOUVERNEMENT CHINOIS SAIT DÉJÀ COMMENT LES ÉTATS-UNIS ONT AGI.
QU'ARRIVERA-T-IL QUAND LE RESTE DU MONDE SAURA?
LE SÉNAT, LA PLUS GRANDE INSTITUTION DÉMOCRATIQUE DU PAYS, VA-T-IL VRAIMENT CÉDER AU CHANTAGE D'UN RENÉGAT?
JE DÉCLARE CETTE AUDIENCE LEVÉE.
MONSIEUR ORTON SERA TENU AU COURANT DES SUITES ENGAGÉES PAR LA COMMISSION.
TOC
ILS NE FERONT RIEN. VOUS ÊTES TIRÉ D'AFFAIRE.

DANKO? POUVONS-NOUS PARLER QUELQUES INSTANTS?
NON, MON CLIENT NE DÉSIRE PAS...
LAISSEZ, WARREN.
VOUS AVEZ DIT LA VÉRITÉ, N'EST-CE PAS?
OUI.
L'ESPÈCE HUMAINE VOUS DOIT DONC BEAUCOUP...
PEUT-ÊTRE... SANS DOUTE... JE NE SAIS PAS.
JE NE PENSAIS QU'À NO'MI. SAUVER LA TERRE N'ÉTAIT PAS MON INTENTION PREMIÈRE.
C'EST POURTANT CE QUE VOUS AVEZ FAIT.
AU PRIX DE RISQUES INOUÏS, VOUS AVEZ SAUVÉ L'HUMANITÉ.
C'EST UNE JOLIE FAÇON D'ÉCRIRE CETTE HISTOIRE...
MAIS JE DOUTE QU'ELLE NE DEVIENNE JAMAIS LA VERSION OFFICIELLE.
JE SUIS DÉSOLÉE POUR NO'MI...

ORTIZ
PAINT ELECTRICITY
ORTIZ
À TON CHEMIN DE VIE, MON ENFANT DES ÉTOILES...
NO'MI...
TU ME MANQUES TELLEMENT...
FIN